Contemporánea

Julio Ramón Ribeyro (Lima, 1929-1994), estudió Letras y Derecho en la Universidad Católica del Perú. En 1952 viajó a España para estudiar Periodismo gracias a una beca del Instituto de Cultura Hispánica. Luego se trasladó a Francia, Alemania y Bélgica, donde continuó su formación literaria. Tras volver al Perú en 1958, trabajó un tiempo en la Universidad de Huamanga, Ayacucho, y en 1960 fijó su residencia en París. En adelante fue periodista en la agencia France-Presse (1961-1971), agregado cultural en la embajada peruana (1970-1972), delegado alterno y ministro consejero cultural en la Delegación Permanente del Perú ante la Unesco (1972-1985), embajador del Perú ante la Unesco (1985-1990) y ministro consejero cultural y de asuntos sociales en la embajada del Perú (1991-1992). Publicó cinco libros de cuentos, reunidos en cuatro volúmenes bajo el título de *La palabra del mudo* (I y II, 1973; III, 1977 y IV, 1992). Escribió también las novelas *Crónica de San Gabriel* (1960), *Los geniecillos dominicales* (1965) y *Cambio de guardia* (1976); los textos ensayísticos y periodísticos recopilados en *Prosas apátrida*s (1975) y *La caza sutil* (1976); las piezas incluidas en *Teatro* (1975) y un diario personal que salió a la luz con el título de *La tentación del fracaso*, en tres tomos (I, 1992; II, 1993 y III, 1995). En 1994 recibió el Premio de Literatura Latinoamericana y del Caribe Juan Rulfo.

Julio Ramón Ribeyro

La palabra del mudo

Antología

DEBOLS!LLO

Papel certificado por el Forest Stewardship Council®

Penguin
Random House
Grupo Editorial

Primera edición: enero de 2022

© Herederos de Julio Ramón Ribeyro
© 2021, Penguin Random House Grupo Editorial S. A.
Avenida Ricardo Palma 311, Oficina 804, Miraflores, Lima, Perú
© 2022, Penguin Random House Grupo Editorial, S. A. U.
Travessera de Gràcia, 47-49. 08021 Barcelona
Diseño de la cubierta: Apollo Studio / Penguin Random House Grupo Editorial
Imagen de la cubierta: Archivo revista *Caretas*
Fotografía del autor: Archivo revista *Caretas*

Printed in Spain – Impreso en España

ISBN: 978-84-663-6026-5
Depósito legal: B-17.642-2021

Impreso en Novoprint
Sant Andreu de la Barca (Barcelona)

P 360265

ÍNDICE

Nota del editor

Las antologías de relatos, cuentos o poemas anhelan siempre recoger lo mejor de la creación de un escritor sobre la base de criterios temáticos, estéticos y/o académicos. El resultado, sin embargo, por lo general origina sospechas, debates o polémicas sobre los criterios asumidos. Para el caso de la antología de *La palabra del mudo* que ahora ofrecemos son los propios lectores quienes han elegido los cuentos: los más jóvenes, niños y adolescentes, quienes guiados por los buenos oficios de sus maestros, leen a Ribeyro desde hace décadas en colegios de todo el país. Esta edición cosecha opiniones y sugerencias de docentes y promotores de lectura con el único objetivo de que más personas, y en especial lectores que se inician, se acerquen en confianza a uno de los cuentistas más notables de la literatura en español.

«¿Por qué *La palabra del mudo*? Porque en la mayoría de mis cuentos se expresan aquellos que en la vida están privados de la palabra, los marginados, los olvidados, los condenados a una existencia sin sintonía y sin voz. Yo les he restituido este hálito negado y les he permitido modular sus anhelos, sus arrebatos y sus angustias».

París, 1973

«Una última observación, esta vez acerca del título general de mis cuentos. He mantenido el de *La palabra del mudo*, si bien sé que ya no corresponde enteramente a mi propósito original, que era darle voz a los olvidados, los excluidos, los marginales, los privados de la posibilidad de expresarse. Y si lo he mantenido es porque dicho título ha cobrado para mí un nuevo significado. Quienes me conocen saben que soy hombre parco, de pocas palabras, que sigue creyendo, con el apoyo de viejos autores, en las virtudes del silencio. El mudo en consecuencia, además de los personajes marginales de mis cuentos, soy yo mismo. Y eso quizá porque, desde otra perspectiva, yo sea también un marginal».

Barranco, 1992

Introducción

El cuento es un género literario que siempre me ha cautivado. Desde niño, para ser exacto. Nunca olvidaré la impresión que me causó la lectura de «Garduño», de Anatole France, cuando tenía once o doce años: al llegar al final, sentí una especie de sofocación o de vértigo por lo inesperado del desenlace. Más tarde otros cuentos me sedujeron, pero por razones diferentes: «Los ojos de Judas», de Valdelomar, por su tono nostálgico y melancólico; «La botija», de Pirandello, por lo divertido de la situación; «La carta robada», de Poe, por lo ingenioso de su intriga; «Bola de sebo», de Maupassant, por la sublevante crueldad de la historia; «Matías», de Eça de Queiroz, por su delicada ironía, o «Una historia simple», de Flaubert, por la concisión de su estilo. Y más tarde aún, al leer cuentos de Kafka, Joyce, James, Hemingway y Borges, por citar algunos autores, descubrí nuevas probabilidades y goces en el relato breve; la lógica del absurdo, la habilidad técnica, el arte de lo no dicho, la eficacia del diálogo, y la sapiencia y fantasía puestas al servicio de paradojas y parábolas intelectuales.

En tanto cuentista, yo soy hechura de estas lecturas y de muchas otras que sería largo citar. Uno está nutrido de los autores que ama, de los que algo o mucho toma y aprende, pero sobre todo está nutrido de su propia experiencia. Y la mía, por tiempo, lugar y accidentes, es diferente a la de los autores que admiro, de modo que mal podría escribir como ellos. Mis cuentos, al menos así lo creo, son el espejo de mi propia vida, la de un escritor limeño de la segunda mitad de nuestro siglo, educado en un ambiente de la burguesía ilustrada, que vivió muchos años en Europa, que desempeñó más por necesidad que por gusto diversos trabajos, que alternó periodos de disipación con periodos de reclusión y que retornó a su país cargado de recuerdos y vivencias, pero con muy pocas certezas y la sensación de haber perdido demasiado tiempo, salvo quizá el empleado en escribir algunos libros, particularmente de cuentos.

Cuentos, espejo de mi vida, pero también reflejo del mundo que me tocó vivir, en especial el de mi infancia y juventud, que intenté captar y representar en lo que a mi juicio, y de acuerdo con mi propia sensibilidad, lo merecía: oscuros habitantes limeños y sus ilusiones frustradas, escenas de la vida familiar, Miraflores, el mar y los arenales, combates perdidos, militares, borrachines, escritores, hacendados, matones y maleantes, locos, putas, profesores, burócratas, Tarma y Huamanga, pero también Europa y mis pensiones y viajes y algunas historias salidas solamente de mi fantasía; a eso se reducen mis cuentos, al menos por sus temas o personajes. Que ellos —mis cuentos—, tan variados y dispares, fragmentos de mi vida y del mundo como lo vi, puedan, sumados, adquirir cierta unidad y proponer una visión orgánica, coherente, personal de la realidad, es algo que no podría afirmar. Y que tampoco me preocupa demasiado. Así como tampoco me preocupa que mis cuentos no reflejen las mutaciones sufridas por el Perú en los últimos veinte años. Escribir sobre lo actual, sobre lo inmediato, es importante, pero no indispensable. Para ello hay además entre nosotros muchos jóvenes y excelentes cuentistas. Aunque es bueno recordarles, parafraseando a Borges, que la actualidad es a menudo anacrónica.

Para concluir este breve preámbulo diré que me hubiera gustado aprovechar la ocasión para desarrollar mi concepción de cuento o si se quiere mi poética del cuento, a la luz de mis cuarenta o más años de experiencia en este género. Pero me pareció ocioso o redundante, pues dicha poética se encuentra formulada implícitamente en mis relatos, al menos para el lector atento. Me limitaré en consecuencia a enumerar al azar algunos preceptos:

1. El cuento debe contar una historia. No hay cuento sin historia. El cuento se ha hecho para que el lector a su vez pueda contarlo.
2. La historia del cuento puede ser real o inventada. Si es real, debe parecer inventada y si es inventada, real.
3. El cuento debe ser de preferencia breve, de modo que pueda leerse de un tirón.
4. La historia contada por el cuento debe entretener, conmover, intrigar o sorprender, si todo ello junto, mejor. Si no logra ninguno de estos efectos, no existe como cuento.
5. El estilo del cuento debe ser directo, sencillo, sin ornamentos ni digresiones. Dejemos eso para la poesía o la novela.
6. El cuento debe solo mostrar, no enseñar. De otro modo sería una moraleja.
7. El cuento admite todas las técnicas: diálogo, monólogo, narración pura y simple, epístola, informe, *collage* de textos ajenos, etcétera, siempre y cuando la historia no se diluya y pueda el lector reducirla a su expresión oral.
8. El cuento debe partir de situaciones en las que el o los personajes viven un conflicto que los obliga a tomar una decisión que pone en juego su destino.
9. En el cuento no debe haber tiempos muertos ni sobrar nada. Cada palabra es absolutamente imprescindible.

10. El cuento debe conducir necesaria, inexorablemente a un solo desenlace, por sorpresivo que sea. Si el lector no acepta el desenlace, es que el cuento ha fallado.

La observación de este decálogo, como es de suponer, no garantiza la escritura de un buen cuento. Lo más aconsejable es transgredirlo regularmente, como yo mismo lo he hecho. O aun algo mejor: inventar un nuevo decálogo.

Barranco, 1994

Los gallinazos sin plumas

A las seis de la mañana la ciudad se levanta de puntillas y comienza a dar sus primeros pasos. Una fina niebla disuelve el perfil de los objetos y crea como una atmósfera encantada. Las personas que recorren la ciudad a esta hora parecen que están hechas de otra sustancia, que pertenecen a un orden de vida fantasmal. Las beatas se arrastran penosamente hasta desaparecer en los pórticos de las iglesias. Los noctámbulos, macerados por la noche, regresan a sus casas envueltos en sus bufandas y en su melancolía. Los basureros inician por la avenida Pardo su paseo siniestro, armados de escobas y de carretas. A esta hora se ve también obreros caminando hacia el tranvía, policías bostezando contra los árboles, canillitas morados de frío, sirvientas sacando los cubos de basura. A esta hora, por último, como a una especie de misteriosa consigna, aparecen los gallinazos sin plumas.

A esta hora el viejo don Santos se pone la pierna de palo y sentándose en el colchón comienza a berrear:

—¡A levantarse! ¡Efraín, Enrique! ¡Ya es hora!

Los dos muchachos corren a la acequia del corralón frotándose los ojos legañosos. Con la tranquilidad de la noche el agua se ha remansado y en su fondo transparente se ven crecer hierbas y deslizarse ágiles infusorios. Luego de enjuagarse la cara, coge cada cual su lata y se lanzan a la calle. Don Santos, mientras tanto, se aproxima al chiquero y con su larga vara golpea el lomo de su cerdo que se revuelca entre los desperdicios.

—¡Todavía te falta un poco, marrano! Pero aguarda nomás que ya llegará tu turno.

Efraín y Enrique se demoran en el camino, trepándose a los árboles para arrancar moras o recogiendo piedras, de aquellas filudas que cortan el aire y hieren por la espalda. Siendo aún la hora celeste, llegan a su dominio, una larga calle ornada de casas elegantes que desemboca en el malecón.

Ellos no son los únicos. En otros corralones, en otros suburbios alguien ha dado la voz de alarma y muchos se han levantado. Unos portan latas; otros, cajas de cartón, a veces solo basta un periódico viejo. Sin conocerse, forman una especie de organización clandestina que tiene repartida toda la ciudad. Los hay que merodean por los edificios públicos, otros han elegido los parques o los muladares. Hasta los perros han adquirido sus hábitos, sus itinerarios, sabiamente aleccionados por la miseria.

Efraín y Enrique, después de un breve descanso, empiezan su trabajo. Cada uno escoge una acera de la calle. Los cubos de basura están alineados delante de las puertas. Hay que vaciarlos íntegramente y luego comenzar la exploración. Un cubo de basura es siempre una caja de sorpresas. Se encuentran latas de sardinas, zapatos viejos, pedazos de pan, pericotes muertos, algodones inmundos. A ellos solo les interesan los restos de comida. En el fondo del chiquero, Pascual recibe cualquier cosa y tiene predilección por las verduras ligeramente descompuestas. La pequeña lata de cada uno se va llenando de tomates podridos, pedazos de sebo, extrañas salsas que no figuran en ningún manual de cocina. No es raro, sin embargo, hacer un hallazgo valioso. Un día Efraín encontró unos tirantes con los que fabricó una honda. Otra vez, una pera casi buena que devoró en el acto. Enrique, en cambio, tiene suerte para las cajitas de remedios, los pomos brillantes, las escobillas de dientes usadas y otras cosas semejantes que colecciona con avidez.

Después de una rigurosa selección, regresan la basura al cubo y se lanzan sobre el próximo. No conviene demorarse mucho porque el enemigo siempre está al acecho. A veces son sorprendidos por las sirvientas y tienen que huir dejando regado su botín. Pero, con más frecuencia, es el carro de la Baja Policía el que aparece y entonces la jornada está perdida.

Cuando el sol asoma sobre las lomas, la hora celeste llega a su fin. La niebla se ha disuelto, las beatas están sumidas en éxtasis, los noctámbulos duermen, los canillitas han repartido los diarios, los obreros trepan a los andamios. La luz desvanece el mundo mágico del alba. Los gallinazos sin plumas han regresado a su nido.

Don Santos los esperaba con el café preparado.

—A ver, ¿qué cosa me han traído?

Husmeaba entre las latas y si la provisión estaba buena, hacía siempre el mismo comentario:

—Pascual tendrá banquete hoy día.

Pero la mayoría de las veces estallaba:

—¡Idiotas! ¿Qué han hecho? ¡Se han puesto a jugar seguramente! ¡Pascual se morirá de hambre!

Ellos huían hacia el emparrado, con las orejas ardiendo de los pescozones, mientras el viejo se arrastraba hasta el chiquero. Desde el fondo de su reducto, el cerdo empezaba a gruñir. Don Santos le aventaba la comida.

—¡Mi pobre Pascual! Hoy día te quedarás con hambre por culpa de estos zamarros. Ellos no te engríen como yo. ¡Habrá que zurrarlos para que aprendan!

Al comenzar el invierno el cerdo estaba convertido en una especie de monstruo insaciable. Todo le parecía poco y don Santos se vengaba en sus nietos del hambre del animal. Los obligaba a levantarse más temprano, a invadir los terrenos ajenos en busca de más desperdicios. Por último los forzó a que se dirigieran hasta el muladar que estaba al borde del mar.

—Allí encontrarán más cosas. Será más fácil además porque todo está junto.

Un domingo, Efraín y Enrique llegaron al barranco. Los carros de la Baja Policía, siguiendo una huella de tierra, descargaban la basura sobre una pendiente de piedras. Visto desde el malecón, el muladar formaba una especie de acantilado oscuro y humeante, donde los gallinazos y los perros se desplazaban como hormigas. Desde lejos los muchachos arrojaron piedras para espantar a sus enemigos. Un perro se retiró aullando. Cuando estuvieron cerca, sintieron un olor nauseabundo que penetró hasta sus pulmones. Los pies se les hundían en un alto de plumas, de excrementos, de materias descompuestas o quemadas. Enterrando las manos, comenzaron la exploración. A veces, bajo un periódico amarillento, descubrían una carroña devorada a medias. En los acantilados próximos los gallinazos espiaban impacientes y algunos se acercaban saltando de piedra en piedra, como si quisieran acorralarlos. Efraín gritaba para intimidarlos y sus gritos resonaban en el desfiladero y hacían desprenderse guijarros que rodaban hasta el mar. Después de una hora de trabajo regresaron al corralón con los cubos llenos.

—¡Bravo! —exclamó don Santos—. Habrá que repetir esto dos o tres veces por semana.

Desde entonces, los miércoles y los domingos, Efraín y Enrique hacían el trote hasta el muladar. Pronto formaron parte de la extraña fauna de esos lugares y los gallinazos, acostumbrados a su presencia, laboraban a su lado, graznando, aleteando, escarbando con sus picos amarillos, como ayudándolos a descubrir la pista de la preciosa suciedad.

Fue al regresar de una de esas excursiones que Efraín sintió un dolor en la planta del pie. Un vidrio le había causado una pequeña herida. Al día siguiente tenía el pie hinchado, no obstante lo cual prosiguió su trabajo. Cuando regresaron, no podía casi caminar, pero don Santos no se percató de ello, pues tenía visita. Acompañado de un hombre gordo que tenía las manos manchadas de sangre, observaba el chiquero.

—Dentro de veinte o treinta días vendré por acá —dijo el hombre—. Para esa fecha creo que podrá estar a punto.

Cuando partió, don Santos echaba fuego por los ojos.

—¡A trabajar! ¡A trabajar! ¡De ahora en adelante habrá que aumentar la ración de Pascual! El negocio anda sobre rieles.

A la mañana siguiente, sin embargo, cuando don Santos despertó a sus nietos, Efraín no se pudo levantar.

—Tiene una herida en el pie —explicó Enrique—. Anteayer se cortó con un vidrio.

Don Santos examinó el pie de su nieto. La infección había comenzado.

—¡Esas son patrañas! Que se lave el pie en la acequia y que se envuelva con un trapo.

—¡Pero si le duele! —intervino Enrique—. No puede caminar bien.

Don Santos meditó un momento. Desde el chiquero llegaban los gruñidos de Pascual.

—¿Y a mí? —preguntó dándose un palmazo en la pierna de palo—. ¿Acaso no me duele la pierna? Y yo tengo setenta años y yo trabajo... ¡Hay que dejarse de mañas!

Efraín salió a la calle con su lata, apoyado en el hombro de su hermano. Media hora después regresaron con los cubos casi vacíos.

—¡No podía más! —dijo Enrique al abuelo—. Efraín está medio cojo.

Don Santos observó a sus nietos como si meditara una sentencia.

—Bien, bien —dijo rascándose la barba rala y cogiendo a Efraín del pescuezo lo arreó hacia el cuarto—. ¡Los enfermos a la cama! ¡A podrirse sobre el colchón! Y tú harás la tarea de tu hermano. ¡Vete ahora mismo al muladar!

Cerca del mediodía Enrique regresó con los cubos repletos. Lo seguía un extraño visitante: un perro escuálido y medio sarnoso.

—Lo encontré en el muladar —explicó Enrique— y me ha venido siguiendo.

Don Santos cogió la vara.

—¡Una boca más en el corralón!

Enrique levantó al perro contra su pecho y huyó hacia la puerta.

—¡No le hagas nada, abuelito! Le daré yo de mi comida.

Don Santos se acercó, hundiendo su pierna de palo en el lodo.

—¡Nada de perros aquí! ¡Ya tengo bastante con ustedes!

Enrique abrió la puerta de la calle.

—Si se va él, me voy yo también.

El abuelo se detuvo. Enrique aprovechó para insistir:

—No come casi nada..., mira lo flaco que está. Además, desde que Efraín está enfermo, me ayudará. Conoce bien el muladar y tiene buena nariz para la basura.

Don Santos reflexionó, mirando el cielo donde se condensaba la garúa. Sin decir nada, soltó la vara, cogió los cubos y se fue rengueando hasta el chiquero.

Enrique sonrió de alegría y, con su amigo aferrado al corazón, corrió donde su hermano.

—¡Pascual, Pascual..., Pascualito! —cantaba el abuelo.

—Tú te llamarás Pedro —dijo Enrique, acariciando la cabeza de su perro, e ingresó donde Efraín.

Su alegría se esfumó: Efraín inundado de sudor se revolcaba de dolor sobre el colchón. Tenía el pie hinchado, como si fuera de jebe y estuviera lleno de aire. Los dedos habían perdido casi su forma.

—Te he traído este regalo, mira —dijo mostrando al perro—. Se llama Pedro; es para ti, para que te acompañe... Cuando yo me vaya al muladar, te lo dejaré y los dos jugarán todo el día. Le enseñarás a que te traiga piedras en la boca.

—¿Y el abuelo? —preguntó Efraín extendiendo su mano hacia el animal.

—El abuelo no dice nada —suspiró Enrique.

Ambos miraron hacia la puerta. La garúa había empezado a caer. La voz del abuelo llegaba:

—¡Pascual, Pascual..., Pascualito!

Esa misma noche salió luna llena. Ambos nietos se inquietaron, porque en esa época el abuelo se ponía intratable. Desde el atardecer lo vieron rondando por el corralón, hablando solo, dando de varillazos al emparrado. Por momentos se aproximaba al cuarto, echaba una mirada a su interior y, al ver a sus nietos silenciosos, lanzaba un salivazo cargado de rencor. Pedro le tenía miedo y cada vez que lo veía se acurrucaba y quedaba inmóvil como una piedra.

—¡Mugre, nada más que mugre! —repitió toda la noche el abuelo, mirando la luna.

A la mañana siguiente Enrique amaneció resfriado. El viejo, que lo sintió estornudar en la madrugada, no dijo nada. En el fondo, sin embargo, presentía una catástrofe. Si Enrique se enfermaba, ¿quién se ocuparía de Pascual? La voracidad del cerdo crecía con su gordura. Gruñía por las tardes con el hocico enterrado en el fango. Del corralón de Nemesio, que vivía a una cuadra, se habían venido a quejar.

Al segundo día sucedió lo inevitable: Enrique no se pudo levantar. Había tosido toda la noche y la mañana lo sorprendió temblando, quemado por la fiebre.

—¿Tú también? —preguntó el abuelo.

Enrique señaló su pecho, que roncaba. El abuelo salió furioso del cuarto. Cinco minutos después regresó.

—¡Está muy mal engañarme de esa manera! —plañía—. Abusan de mí porque no puedo caminar. Saben bien que soy viejo, que soy cojo. ¡De otra manera los mandaría al diablo y me ocuparía yo solo de Pascual!

Efraín se despertó quejándose y Enrique comenzó a toser.

—¡Pero no importa! Yo me encargaré de él. ¡Ustedes son basura, nada más que basura! ¡Unos pobres gallinazos sin plumas! Ya verán cómo les saco ventaja. El abuelo está fuerte todavía. ¡Pero, eso sí, hoy día no habrá comida para ustedes! ¡No habrá comida hasta que no puedan levantarse y trabajar!

A través del umbral, lo vieron levantar las latas en vilo y volcarse en la calle. Media hora después regresó aplastado. Sin la ligereza de sus nietos, el carro de la Baja Policía le había ganado. Los perros, además, habían querido morderlo.

—¡Pedazos de mugre! ¡Ya saben, se quedarán sin comida hasta que no trabajen!

Al día siguiente trató de repetir la operación, pero tuvo que renunciar. Su pierna de palo había perdido la costumbre de las pistas de asfalto, de las duras aceras y cada paso que daba era como un lanzazo en la ingle. A la hora celeste del tercer día quedó desplomado en su colchón, sin otro ánimo que para el insulto.

—¡Si se muere de hambre —gritaba—, será por culpa de ustedes!

Desde entonces empezaron unos días angustiosos, interminables. Los tres pasaban el día encerrados en el cuarto, sin hablar, sufriendo una especie de reclusión forzosa. Efraín se revolcaba sin tregua, Enrique tosía, Pedro se levantaba y, después de hacer un recorrido por el corralón, regresaba con una piedra en la boca, que depositaba en las manos de sus amos. Don Santos, a medio acostar, jugaba con su pierna de palo y les lanzaba miradas feroces. A mediodía se arrastraba hasta la esquina del terreno donde crecían verduras y preparaba su almuerzo que devoraba en secreto. A veces aventaba a la cama de sus nietos alguna lechuga o una zanahoria cruda, con el propósito de excitar su apetito creyendo así hacer más refinado su castigo.

Efraín ya no tenía fuerzas ni para quejarse. Solamente Enrique sentía crecer en su corazón un miedo extraño y al mirar los ojos del abuelo creía desconocerlos, como si ellos hubieran perdido su expresión humana. Por las noches, cuando la luna se levantaba, cogía a Pedro entre sus brazos y lo aplastaba tiernamente hasta hacerlo gemir. A esa hora el cerdo comenzaba a gruñir y el abuelo se quejaba como si lo estuvieran ahorcando. A veces se ceñía la pierna de palo y salía al corralón. A la luz de la luna Enrique lo veía ir diez veces del chiquero a la huerta, levantando los puños, atropellando lo que encontraba en su camino. Por último reingresaba al cuarto y quedaba mirándolos fijamente, como si quisiera hacerlos responsables del hambre de Pascual.

La última noche de luna llena nadie pudo dormir. Pascual lanzaba verdaderos rugidos. Enrique había oído decir que los cerdos, cuando tenían hambre, se volvían locos como los hombres. El abuelo permaneció en vela, sin apagar siquiera el farol. Esta vez no salió al corralón ni maldijo entre dientes. Hundido en su colchón miraba fijamente la puerta. Parecía amasar dentro de sí una cólera muy vieja, jugar con ella, aprestarse a dispararla. Cuando el cielo comenzó a desteñirse sobre las lomas, abrió la boca, mantuvo su oscura oquedad vuelta hacia sus nietos y lanzó un rugido.

—¡Arriba, arriba, arriba! —los golpes comenzaron a llover—. ¡A levantarse haraganes! ¿Hasta cuándo vamos a estar así? ¡Esto se acabó! ¡De pie!...

Efraín se echó a llorar. Enrique se levantó, aplastándose contra la pared. Los ojos del abuelo parecían fascinarlo hasta volverlo insensible a los golpes. Veía la vara alzarse y abatirse sobre su cabeza, como si fuera una vara de cartón. Al fin pudo reaccionar.

—¡A Efraín no! ¡Él no tiene la culpa! ¡Déjame a mí solo, yo saldré, yo iré al muladar!

El abuelo se contuvo jadeante. Tardó mucho en recuperar el aliento.

—Ahora mismo... al muladar... Lleva dos cubos, cuatro cubos...

Enrique se apartó, cogió los cubos y se alejó a la carrera. La fatiga del hambre y de la convalecencia lo hacía trastabillar. Cuando abrió la puerta del corralón, Pedro quiso seguirlo.

—Tú no. Quédate aquí cuidando a Efraín.

Y se lanzó a la calle respirando a pleno pulmón el aire de la mañana. En el camino comió hierbas, estuvo a punto de mascar la tierra. Todo lo veía a través de una niebla mágica. La debilidad lo hacía ligero, etéreo: volaba casi como un pájaro. En el muladar se sintió un gallinazo más entre los gallinazos. Cuando los cubos estuvieron rebosantes, emprendió el regreso.

Las beatas, los noctámbulos, los canillitas descalzos, todas las secreciones del alba comenzaban a dispersarse por la ciudad. Enrique, devuelto a su mundo, caminaba feliz entre ellos, en su mundo de perros y fantasmas, tocado por la hora celeste.

Al entrar al corralón, sintió un aire opresor, resistente, que lo obligó a detenerse. Era como si allí, en el dintel, terminara un mundo y comenzara otro fabricado de barro, de rugidos, de absurdas penitencias. Lo sorprendente era, sin embargo, que esta vez reinaba en el corralón una calma cargada de malos presagios, como si toda la violencia estuviera en equilibrio, a punto de desplomarse. El abuelo, parado al borde del chiquero, miraba hacia el fondo. Parecía un árbol creciendo desde su pierna de palo. Enrique hizo ruido, pero el abuelo no se movió.

—¡Aquí están los cubos!

Don Santos le volvió la espalda y quedó inmóvil. Enrique soltó los cubos y corrió intrigado hasta el cuarto. Efraín, apenas lo vio, comenzó a gemir:

—Pedro..., Pedro...

—¿Qué pasa?

—Pedro ha mordido al abuelo... El abuelo cogió la vara... Después lo sentí aullar.

Enrique salió del cuarto.

—¡Pedro, ven aquí! ¿Dónde estás, Pedro?

Nadie le respondió. El abuelo seguía inmóvil, con la mirada en la pared. Enrique tuvo un mal presentimiento. De un salto se acercó al viejo.

—¿Dónde está Pedro?

Su mirada descendió al chiquero. Pascual devoraba algo en medio del lodo. Aún quedaban las piernas y el rabo del perro.

—¡No! —gritó Enrique tapándose los ojos—. ¡No, no! —y a través de las lágrimas buscó la mirada del abuelo. Este la rehuyó, girando torpemente sobre su pierna de palo. Enrique comenzó a danzar en torno de él prendiéndose de su camisa, gritando, pataleando, tratando de mirar sus ojos, de encontrar una respuesta.

—¿Por qué has hecho eso? ¿Por qué?

El abuelo no respondía. Por último, impaciente, dio un manotón a su nieto que lo hizo rodar por tierra. Desde allí Enrique observó al viejo que, erguido como un gigante, miraba obstinadamente el festín de Pascual. Estirando la mano encontró la vara que tenía el extremo manchado de sangre. Con ella se levantó de puntillas y se acercó al viejo.

—¡Voltea! —gritó—. ¡Voltea!

Cuando don Santos se volvió, divisó la vara que cortaba el aire y se estrellaba contra su pómulo.

—¡Toma! —chilló Enrique y levantó nuevamente la mano. Pero súbitamente se detuvo, temeroso de lo que estaba haciendo y, lanzando la vara a su alrededor, miró al abuelo casi arrepentido. El viejo, cogiéndose el rostro, retrocedió un paso, su pierna de palo tocó tierra húmeda, resbaló y, dando un alarido, se precipitó de espaldas al chiquero.

Enrique retrocedió unos pasos. Primero aguzó el oído, pero no se escuchaba ningún ruido. Poco a poco se fue aproximando. El abuelo, con la pata de palo quebrada, estaba de espaldas en el fango. Tenía la boca abierta y sus ojos buscaban a Pascual, que se había refugiado en un ángulo y husmeaba sospechosamente en el lodo.

Enrique se fue retirando, con el mismo sigilo con que se había aproximado. Probablemente el abuelo alcanzó a divisarlo, pues mientras corría hacia el cuarto le pareció que lo llamaba por su nombre, con un tono de ternura que él nunca había escuchado.

—¡A mí, Enrique, a mí!...

—¡Pronto! —exclamó Enrique, precipitándose sobre su hermano—. ¡Pronto, Efraín! ¡El viejo se ha caído al chiquero!

¡Debemos irnos de acá!

—¿Adónde? —preguntó Efraín.

—¡Adonde sea, al muladar, donde podamos comer algo, donde los gallinazos!

—¡No me puedo parar!

Enrique cogió a su hermano con ambas manos y lo estrechó contra su pecho. Abrazados hasta formar una sola persona, cruzaron lentamente el corralón. Cuando abrieron el portón de la calle, se dieron cuenta de que la hora celeste había terminado y que la ciudad, despierta y viva, abría ante ellos su gigantesca mandíbula.

Desde el chiquero llegaba el rumor de una batalla.

París, 1954

La insignia

Hasta ahora recuerdo aquella tarde en que al pasar por el malecón divisé en un pequeño basural un objeto brillante. Con una curiosidad muy explicable en mi temperamento de coleccionista, me agaché y después de recogerlo lo froté contra la manga de mi saco. Así pude observar que se trataba de una menuda insignia de plata, atravesada por unos signos que en ese momento me parecieron incomprensibles. Me la eché al bolsillo y, sin darle mayor importancia al asunto, regresé a mi casa. No puedo precisar cuánto tiempo estuvo guardada en aquel traje, que por lo demás era un traje que usaba poco. Solo recuerdo que en una oportunidad lo mandé lavar y, con gran sorpresa mía, cuando el dependiente me lo devolvió limpio, me entregó una cajita, diciéndome: «Esto debe ser suyo, pues lo he encontrado en su bolsillo».

Era, naturalmente, la insignia y este rescate inesperado me conmovió a tal extremo que decidí.

Aquí empieza verdaderamente el encadenamiento de sucesos extraños que me acontecieron. Lo primero fue un incidente que tuve en una librería de viejo. Me hallaba repasando añejas encuadernaciones cuando el patrón, que desde hacía rato me observaba desde el ángulo más oscuro de su librería, se me acercó y, con un tono de complicidad, entre guiños y muecas convencionales, me dijo: «Aquí tenemos algunos libros de Feifer». Yo lo quedé mirando intrigado porque no había preguntado por dicho autor, el cual, por lo demás, aunque mis conocimientos de literatura no son muy amplios, me era enteramente desconocido. Y acto seguido añadió: «Feifer estuvo en Pilsen». Como yo no saliera de mi estupor, el librero terminó con un tono de revelación, de confidencia definitiva: «Debe usted saber que lo mataron. Sí, lo mataron de un bastonazo en la estación de Praga». Y dicho esto se retiró hacia el ángulo de donde había surgido y permaneció en el más profundo silencio. Yo seguí revisando algunos volúmenes maquinalmente, pero mi pensamiento se hallaba preocupado en las palabras enigmáticas del librero. Después de comprar un librito de mecánica salí, desconcertado, del negocio.

Durante algún tiempo estuve razonando sobre el significado de dicho incidente, pero, como no pude solucionarlo, acabé por olvidarme de él. Mas, pronto, un nuevo acontecimiento me alarmó sobremanera. Caminaba por una plaza de los suburbios, cuando un hombre menudo, de faz hepática y angulosa, me abordó intempestivamente y, antes que yo pudiera reaccionar, me dejó una tarjeta entre las manos, desapareciendo sin pronunciar palabra. La tarjeta, en cartulina blanca, solo tenía una dirección y una cita que rezaba: SEGUNDA SESIÓN: MARTES 4. Como es de suponer, el martes 4 me dirigí a la numeración indicada. Ya por los alrededores me encontré con varios sujetos extraños que merodeaban, y que, por una coincidencia que me sorprendió, tenían una insignia igual a la mía. Me introduje en el círculo y noté que todos me estrechaban la mano con gran familiaridad. En seguida ingresamos a la casa señalada y en una habitación grande tomamos asiento. Un señor de aspecto grave emergió tras un cortinaje y, desde un estrado, después de saludarnos, empezó a hablar interminablemente. No sé precisamente sobre qué versó la conferencia ni si aquello era efectivamente una conferencia. Los recuerdos de niñez anduvieron hilvanados con las más agudas especulaciones filosóficas, y a unas digresiones sobre el cultivo de la remolacha fue aplicado el mismo método expositivo que a la organización del Estado. Recuerdo que finalizó pintando unas rayas rojas en una pizarra, con una tiza que extrajo de su bolsillo.

Cuando hubo terminado, todos se levantaron y comenzaron a retirarse, comentando entusiasmados el éxito de la charla. Yo, por condescendencia, sumé mis elogios a los suyos, mas, en el momento en que me disponía a cruzar el umbral, el disertante me pasó la voz con una interjección y, al volverme, me hizo una seña para que me acercara.

—Es usted nuevo, ¿verdad? —me interrogó, un poco desconfiado.

—Sí —respondí, después de vacilar un rato, pues me sorprendió que hubiera podido identificarme entre tanta concurrencia—. Tengo poco tiempo.

—¿Y quién lo introdujo?

Me acordé de la librería, con gran suerte de mi parte.

—Estaba en la librería de la calle Amargura, cuando el...

—¿Quién? ¿Martín?

—Sí, Martín.

—¡Ah, es un gran colaborador nuestro!

—Yo soy un viejo cliente suyo.

—¿Y de qué hablaron?

—Bueno..., de Feifer.

—¿Qué le dijo?

—Que había estado en Pilsen. En verdad..., yo no lo sabía.

—¿No lo sabía?

—No —repliqué con la mayor tranquilidad.

—¿Y no sabía tampoco que lo mataron de un bastonazo en la estación de Praga?

—Eso también me lo dijo.

—¡Ah, fue una cosa espantosa para nosotros!

—En efecto —confirmé—. Fue una pérdida irreparable.

Mantuvimos luego una charla ambigua y ocasional, llena de confidencias imprevistas y de alusiones superficiales, como la que sostienen dos personas extrañas que viajan accidentalmente en el mismo asiento de un ómnibus. Recuerdo que mientras yo me afanaba en describirle mi operación de las amígdalas, él, con grandes gestos, proclamaba la belleza de los paisajes nórdicos. Por fin, antes de retirarme, me dio un encargo que no dejó de llamarme la atención.

—Tráigame en la próxima semana —dijo— una lista de todos los teléfonos que empiecen con 38.

Prometí cumplir lo ordenado y, antes del plazo concedido, concurrí con la lista.

—¡Admirable! —exclamó—. Trabaja usted con rapidez ejemplar.

Desde aquel día cumplí una serie de encargos semejantes, de lo más extraños. Así, por ejemplo, tuve que conseguir una docena de papagayos a los que no volví a ver más. Más tarde fui enviado a una ciudad de provincia a levantar un croquis del edificio municipal. Recuerdo que también me ocupé de arrojar cáscaras de plátano en la puerta de algunas residencias escrupulosamente señaladas, de escribir un artículo sobre los cuerpos celestes, que nunca vi publicado, de adiestrar a un mono en gestos parlamentarios y aun de cumplir ciertas misiones confidenciales, como llevar cartas que jamás leí o espiar a mujeres exóticas que generalmente desaparecían sin dejar rastros.

De este modo, poco a poco, fui ganando cierta consideración. Al cabo de un año, en una ceremonia emocionante, fui elevado de rango. «Ha ascendido usted un grado», me dijo el superior de nuestro círculo, abrazándome efusivamente. Tuve, entonces, que pronunciar una breve alocución, en la que me referí en términos vagos a nuestra tarea común, no obstante lo cual fui aclamado con estrépito.

En mi casa, sin embargo, la situación era confusa. No comprendían mis desapariciones imprevistas, mis actos rodeados de misterio, y las veces que me interrogaron evadí las respuestas porque, en realidad, no encontraba una satisfactoria. Algunos parientes me recomendaron, incluso, que me hiciera revisar por un alienista, pues mi conducta no era precisamente la de un hombre sensato. Sobre todo recuerdo haberlos intrigado mucho un día que me sorprendieron fabricando una gruesa de bigotes postizos, pues había recibido dicho encargo de mi jefe.

Esta beligerancia doméstica no impidió que yo siguiera dedicándome, con una energía que ni yo mismo podía explicarme, a las labores de nuestra sociedad. Pronto fui relator, tesorero, adjunto de conferencias, asesor administrativo, y conforme me iba sumiendo en el seno de la organización, aumentaba mi desconcierto, no sabiendo si me hallaba en una secta religiosa o en una agrupación de fabricantes de paños.

A los tres años me enviaron al extranjero. Fue un viaje de lo más intrigante. No tenía yo un céntimo; sin embargo, los barcos me brindaban sus camarotes, en los puertos había siempre alguien que me recibía y me prodigaba atenciones, y los hoteles me obsequiaban sus comodidades sin exigirme nada. Así me vinculé con otros cófrades, aprendí lenguas foráneas, pronuncié conferencias, inauguré filiales de nuestra agrupación y vi cómo se extendía la insignia de plata por todos los confines del continente. Cuando regresé, después de un año de intensa experiencia humana, estaba tan desconcertado como cuando ingresé a la librería de Martín.

Han pasado diez años. Por mis propios méritos he sido designado presidente. Uso una toga orlada de púrpura con la que aparezco en los grandes ceremoniales. Los afiliados me tratan de vuecencia. Tengo una renta de cinco mil dólares, casas en los balnearios, sirvientes con librea que me respetan y me temen, y hasta una mujer encantadora que viene a mí por las noches sin que yo la llame. Y a pesar de todo esto, ahora, como el primer día y como siempre, vivo en la más absoluta ignorancia, y si alguien me preguntara cuál es el sentido de nuestra organización, yo no sabría qué responderle. A lo más, me limitaría a pintar rayas rojas en una pizarra negra, esperando confiado los resultados que produce en la mente humana toda explicación que se funda inexorablemente en la cábala.

Lima, 1952

El banquete

Con dos meses de anticipación, don Fernando Pasamano había preparado los pormenores de este magno suceso. En primer término, su residencia hubo de sufrir una transformación general. Como se trataba de un caserón antiguo, fue necesario echar abajo algunos muros, agrandar las ventanas, cambiar la madera de los pisos y pintar de nuevo todas las paredes. Esta reforma trajo consigo otras y —como esas personas que cuando se compran un par de zapatos juzgan que es necesario estrenarlos con calcetines nuevos y luego con una camisa nueva y luego con un terno nuevo y así sucesivamente hasta llegar al canzoncillo nuevo— don Fernando se vio obligado a renovar todo el mobiliario, desde las consolas del salón hasta el último banco de la repostería. Luego vinieron las alfombras, las lámparas, las cortinas y los cuadros para cubrir esas paredes que desde que estaban limpias parecían más grandes. Finalmente, como dentro del programa estaba previsto un concierto en el jardín, fue necesario construir un jardín. En quince días, una cuadrilla de jardineros japoneses edificaron, en lo que antes era una especie de huerta salvaje, un maravilloso jardín rococó donde había cipreses tallados, caminitos sin salida, una laguna de peces rojos, una gruta para las divinidades y un puente rústico de madera, que cruzaba sobre un torrente imaginario.

Lo más grave, sin embargo, fue la confección del menú. Don Fernando y su mujer, como la mayoría de la gente proveniente del interior, solo habían asistido en su vida a comilonas provinciales, en las cuales se mezcla la chicha con el whisky y se termina devorando los cuyes con la mano. Por esta razón sus ideas acerca de lo que debía servirse en un banquete al presidente eran confusas. La parentela, convocada a un consejo especial, no hizo sino aumentar el desconcierto. Al fin, don Fernando decidió hacer una encuesta en los principales hoteles y restaurantes de la ciudad y así pudo enterarse de que existían manjares presidenciales y vinos preciosos que fue necesario encargar por avión a las viñas del Mediodía.

Cuando todos estos detalles quedaron ultimados, don Fernando constató con cierta angustia que en ese banquete, al cual asistirían ciento cincuenta personas, cuarenta mozos de servicio, dos orquestas, un cuerpo de ballet y un operador de cine, había invertido toda su fortuna. Pero, al fin de cuentas, todo dispendio le parecía pequeño para los enormes beneficios que obtendría de esta recepción.

—Con una embajada en Europa y un ferrocarril a mis tierras de la montaña rehacemos nuestra fortuna en menos de lo que canta un gallo —decía a su mujer—. Yo no pido más. Soy un hombre modesto.

—Falta saber si el presidente vendrá —replicaba su mujer.

En efecto, don Fernando había omitido hasta el momento hacer efectiva su invitación. Le bastaba saber que era pariente del presidente —con uno de esos parentescos serranos tan vagos como indemostrables y que, por lo general, nunca se esclarecen por el temor de encontrarles un origen adulterino— para estar plenamente seguro de que aceptaría. Sin embargo, para mayor seguridad, aprovechó su primera visita a Palacio para conducir al presidente a un rincón y comunicarle humildemente su proyecto.

—Encantado —le contestó el presidente—. Me parece una magnífica idea. Pero por el momento me encuentro muy ocupado. Le confirmaré por escrito mi aceptación.

Don Fernando se puso a esperar la confirmación. Para combatir su impaciencia, ordenó algunas reformas complementarias que le dieron a su mansión el aspecto de un palacio afectado para alguna solemne mascarada. Su última idea fue ordenar la ejecución de un retrato del presidente —que un pintor copió de una fotografía— y que él hizo colocar en la parte más visible de su salón.

Al cabo de cuatro semanas, la confirmación llegó. Don Fernando, quien empezaba a inquietarse por la tardanza, tuvo la más grande alegría de su vida. Aquel fue un día de fiesta, una especie de anticipo del festín que se aproximaba. Antes de dormir, salió con su mujer al balcón para contemplar su jardín iluminado y cerrar con un sueño bucólico esa memorable jornada. El paisaje, sin embargo, parecía haber perdido sus propiedades sensibles, pues donde quiera que pusiera los ojos, don Fernando se veía a sí mismo, se veía en chaqué, en tarro, fumando puros, con una decoración de fondo donde —como en ciertos afiches turísticos— se confundían los monumentos de las cuatro ciudades más importantes de Europa. Más lejos, en un ángulo de su quimera, veía un ferrocarril regresando de la floresta con sus vagones cargados de oro. Y por todo sitio, movediza y transparente como una alegoría de la sensualidad, veía una figura femenina que tenía las piernas de una *cocotte*, el sombrero de una marquesa, los ojos de una tahitiana y absolutamente nada de su mujer.

El día del banquete, los primeros en llegar fueron los soplones. Desde las cinco de la tarde estaban apostados en la esquina, esforzándose por guardar un incógnito que traicionaban sus sombreros, sus modales exageradamente distraídos y sobre todo ese terrible aire de delincuencia que adquieren a menudo los investigadores, los agentes secretos y en general todos los que desempeñan oficios clandestinos.

Luego fueron llegando los automóviles. De su interior descendían ministros, parlamentarios, diplomáticos, hombres de negocios, hombres inteligentes. Un portero les abría la verja, un ujier los anunciaba, un valet recibía sus prendas y don Fernando, en medio del vestíbulo, les estrechaba la mano, murmurando frases corteses y conmovidas.

Cuando todos los burgueses del vecindario se habían arremolinado delante de la mansión y la gente de los conventillos se hacía a una fiesta de fasto tan inesperado, llegó el presidente. Escoltado por sus edecanes, penetró en la casa y don Fernando, olvidándose de las reglas de la etiqueta, movido por un impulso de compadre, se le echó en los brazos con tanta simpatía que le dañó una de sus charreteras.

Repartidos por los salones, los pasillos, la terraza y el jardín, los invitados se bebieron discretamente, entre chistes y epigramas, los cuarenta cajones de whisky. Luego se acomodaron en las mesas que les estaban reservadas —la más grande, decorada con orquídeas, fue ocupada por el presidente y los hombres ejemplares— y se comenzó a comer y a charlar ruidosamente mientras la orquesta, en un ángulo del salón, trataba inútilmente de imponer un aire vienés.

A mitad del banquete, cuando los vinos blancos del Rin habían sido honrados y los tintos del Mediterráneo comenzaban a llenar las copas, se inició la ronda de discursos. La llegada del faisán los interrumpió y solo al final, servido el champán, regresó la elocuencia y los panegíricos se prolongaron hasta el café, para ahogarse definitivamente en las copas de coñac.

Don Fernando, mientras tanto, veía con inquietud que el banquete, pleno de salud ya, seguía sus propias leyes, sin que él hubiera tenido ocasión de hacerle al presidente sus confidencias. A pesar de haberse sentado, contra las reglas del protocolo, a la izquierda del agasajado, no encontraba el instante propicio para hacer un aparte. Para colmo, terminado el servicio, los comensales se levantaron para formar grupos amodorrados y digestónicos y él, en su papel de anfitrión, se vio obligado a correr de grupo en grupo para reanimarlos con copas de menta, palmaditas, puros y paradojas.

Al fin, cerca de medianoche, cuando ya el ministro de Gobierno, ebrio, se había visto forzado a una aparatosa retirada, don Fernando logró conducir al presidente a la salita de música y allí, sentados en uno de esos canapés que en la corte de Versalles servían para declararse a una princesa o para desbaratar una coalición, le deslizó al oído su modesta demanda.

—Pero no faltaba más —replicó el presidente—. Justamente queda vacante en estos días la embajada de Roma. Mañana, en Consejo de Ministros, propondré su nombramiento, es decir, lo impondré. Y en lo que se refiere al ferrocarril sé que hay en Diputados una comisión que hace meses discute ese proyecto. Pasado mañana citaré a mi despacho a todos sus miembros y a usted también, para que resuelvan el asunto en la forma que más convenga.

Una hora después el presidente se retiraba, luego de haber reiterado sus promesas. Lo siguieron sus ministros, el Congreso, etcétera, en el orden preestablecido por los usos y costumbres. A las dos de la mañana quedaban todavía merodeando por el bar algunos cortesanos que no ostentaban ningún título y que esperaban aún el descorchamiento de alguna botella o la ocasión de llevarse a hurtadillas un cenicero de plata. Solamente a las tres de la mañana quedaron solos don Fernando y su mujer. Cambiando impresiones, haciendo auspiciosos proyectos, permanecieron hasta el alba entre los despojos de su inmenso festín. Por último, se fueron a dormir con el convencimiento de que nunca caballero limeño había tirado con más gloria su casa por la ventana ni arriesgado su fortuna con tanta sagacidad.

A las doce del día, don Fernando fue despertado por los gritos de su mujer. Al abrir los ojos, la vio penetrar en el dormitorio con un periódico abierto entre las manos. Arrebatándoselo, leyó los titulares y, sin proferir una exclamación, se desvaneció sobre la cama. En la madrugada, aprovechándose de la recepción, un ministro había dado un golpe de Estado y el presidente había sido obligado a dimitir.

Lima, 1958

Explicaciones a un cabo de servicio

Yo tomaba un pisco donde el gordo mientras le daba vueltas en la cabeza a un proyecto. Le diré la verdad: tenía en el bolsillo cincuenta soles... Mi mujer no me los quiso dar, pero, usted sabe, al fin los aflojó, la muy tonta... Yo le dije: «Virginia, esta noche no vuelvo sin haber encontrado trabajo». Así fue como salí: para buscar un trabajo..., pero no cualquier trabajo... Eso no... ¿Usted cree que un hombre de mi condición puede aceptar cualquier trabajo?... Yo tengo cuarenta y cinco años, amigo, y he corrido mundo... Sé inglés, conozco la mecánica, puedo administrar una hacienda, he fabricado calentadores para baños, ¿comprende? En fin, tengo experiencia... Yo no entro en vainas: nada de jefes, nada de horarios, nada de estar sentado en un escritorio. Eso no va conmigo... Un trabajo independiente para mí, donde yo haga y deshaga, un trabajo con iniciativa, ¿se da cuenta? Pues eso salí a buscar esta mañana, como salí ayer, como salgo todos los días, desde hace cinco meses... ¿Usted sabe cómo se busca un trabajo? No, señor; no hace falta coger un periódico y leer avisos... Allí solo ofrecen menudencias, puestos para ayudantes de zapatero, para sastres, para tenedores de libros..., ¡bah! Para buscar un trabajo, hay que echarse a caminar por la ciudad, entrar en los bares, conversar con la gente, acercarse a las construcciones, leer los carteles pegados en las puertas... Ese es mi sistema, pero sobre todo tener mucho olfato; uno nunca sabe; quizá allí, a la vuelta de una esquina..., pero ¿de qué se ríe? ¡Si fue así precisamente! A la vuelta de una esquina me tropecé con Simón Barriga... Fue en la avenida Arenales, cerca de la bodega Lescano, donde venden pan con jamón y chilcanos... ¿Se figura usted? Hacía veinte años que no nos veíamos; treinta, quizá; desde el colegio; hemos mataperreado juntos... Muchos abrazos, mucha alegría, fuimos a la bodega a festejar el encuentro... ¿Pero qué? ¿Adónde vamos? Bueno, lo sigo a usted, pero con una condición: siempre y cuando quiera escucharme... Así fue, tomamos cuatro copetines... ¡Ah!, usted no conoce a Simón, un tipo macanudo, de la vieja escuela, con una inteligencia... En el colegio era un burro y lo dejaban siempre los sábados con la cara a la pared..., pero uno después evoluciona... Yo también nunca he sabido muy bien mi cartilla... Pero vamos al grano... Simón andaba también en busca de un trabajo, es decir, ya lo tenía entre manos; le faltaban solo unos detalles, un hombre de confianza...

Hablamos largo y tendido y ¡qué coincidencia! Imagínese usted: la idea de Simón coincidía con la mía... Como se lo dije en ese momento, nuestro encuentro tenía algo de providencial... Yo no voy a misa ni me gustan las sotanas, pero creo ciegamente en los azares... Esa es la palabra: ¡providencial!... Figúrese usted: yo había pensado —y esto se lo digo confidencialmente— que un magnífico negocio sería importar camionetas para la repartición de leche y... ¿sabe usted cuál era el proyecto de Simón? ¡Importar material para puentes y caminos!... Usted dirá, claro, entre una y otra cosa no hay relación... Sería mejor que importara vacas. ¡Vaya un chiste! Pero no, hay relación; le digo que la hay... ¿Por dónde rueda una camioneta? Por un camino. ¿Por dónde se atraviesa un río? Por un puente. Nada más claro, eso no necesita demostración. De este modo comprenderá por qué Simón y yo decidimos hacernos socios... Un momento, ¿dónde estamos? ¿Esta no es la avenida Abancay? ¡Magnífico!... Bueno, como le decía, ¡socios! Pero socios de a verdad... Fue entonces cuando nos dirigimos a Lince, a la picantería de que le hablé. Era necesario planear bien el negocio, en todos sus detalles, ¿eh? Nada mejor para eso que una buena enramada, que unos tamales, que unas botellitas de vino Tacama... Ah, ¡si viera usted el plano que le hice de la oficina! Lo dibujé sobre una servilleta..., pero eso fue después... Lo cierto es que Simón y yo llegamos a la conclusión de que necesitábamos un millón de soles... ¿Qué? ¿Le parece mucho? No haga usted muecas... Para mí, para Simón, un millón de soles es una bicoca... Claro, en ese momento ni él ni yo los teníamos. Nadie tiene, dígame usted, un millón de soles en la cartera como quien tiene un programa de cine... Pero cuando se tiene ideas, proyectos y buena voluntad, conseguirlos es fácil... Sobre todo ideas. Como le dije a Simón: «Con ideas todo es posible. Ese es nuestro verdadero capital»... Verá usted: por lo pronto Simón ofreció comprometer a un general retirado, de su conocencia y así, de un sopetón, teníamos ya cien mil soles seguros... Luego a su tío Fernando, el hacendado, hombre muy conocido... Yo, por mi parte, resolví hablar con el boticario de mi barrio que la semana pasada ganó una lotería... Además yo iba a poner una máquina de escribir Remington, modelo universal... ¿Estamos por el mercado? Eso es, deme el brazo, entre tanta gente podemos extraviarnos... En una palabra, cuando terminamos de almorzar teníamos ya reunido el capital. Amigo: cosa difícil es formar una sociedad. No se lo recomiendo... Nos faltaban aún dos cosas importantes: el local y la razón social. Para local, mi casa... No se trata de una residencia, todo lo contrario: una casita en el jirón Ica, cuatro piezas solamente... Pero mi mujer y mis cinco hijos irían a dormir al fondo... De la sala haría la oficina y del comedor que tiene ventana a la calle, la sala de exhibiciones... Todo era provisional, naturalmente; pero, para comenzar, magnífico, créalo usted; Simón estaba encantado... Pero a todo esto ya no estábamos en la picantería. Pagué, recuerdo... Pagué el almuerzo y las cuatro botellas de vino. Simón me trajo al Patio a tomar café. Pagué el taxi. Simón me invitó un puro... ¿Fue de allí que llamé?... Sí, fue de allí. Llamé a Virginia y le dije: «Mujer, acabó la mala época. Acabo de formar una sociedad con Simón Barriga. Tenemos ya un millón de soles. No me esperes a comer que Simón me invitará a su casa»... Luego del café, los piscos; Simón invitaba e invitaba, estupendo... Entonces vino una cuestión delicada: el nombre de la sociedad... ¡Ah!, no crea usted que es una cosa fácil; yo también lo creía... Pero, mirándolo bien, todos los buenos nombres están ya tomados... Primero pensamos que El Porvenir, fíjese usted, es un bonito nombre, pero hay un barrio que se llama El Porvenir, un cine que se llama El Porvenir, una compañía de seguros que se llama El Porvenir y hasta un caballo, creo, que se llama El Porvenir... ¡Ah!, es cosa de mucho pensar... ¿Sabe usted qué nombre le pusimos? ¡A que no adivina!... Fue idea mía, se lo aseguro... Ya había anochecido, claro. Le pusimos Fructífera, S. A. ¿Se da usted cuenta del efecto? Yo encuentro que es un nombre formidablemente comercial... Pero ¡no me jale usted!, no vaya tan rápido, ¿estamos en el jirón Cuzco?... Vea usted; después de los piscos, una copa de menta, otra copa de menta... Pero entonces, ya no organizábamos el negocio: nos repartíamos las ganancias. Simón dijo: «Yo me compro un carro de carrera». ¿Para qué?, me pregunto yo. Esos son lujos inútiles... Yo pensé inmediatamente en un chalé con su jardincito, con una cocina eléctrica, con su refrigeradora, con su bar para invitar a los amigos... Ah, pensé también en el colegio de mis hijos... ¿Sabe usted? Me los han devuelto porque hace tres meses que no pago... Pero no hablemos de esto... Tomábamos menta, una copa y otra; Simón estaba generoso... De pronto se me ocurrió la gran idea... ¿Usted ha visto? Allí en los portales del Patio hay un hombre que imprime tarjetas, un impresor ambulante... Yo me dije: «Sería una bonita sorpresa para Simón que yo salga y mande hacer cien tarjetas con el nombre y dirección de nuestra sociedad»... ¡Qué gusto se va a llevar! Estupendo, así lo hice... Pagué las tarjetas con mis últimos veinte soles y entré al bar... El hombre las traería a nuestra mesa cuando estuvieran listas... «He estado tomando el aire», le dije a Simón; el muy tonto se lo creyó... Bueno, me hice el disimulado, seguimos hablando... Para esto, el negocio había crecido, ah, ¡naturalmente! Ya las camionetas para leche, los caminos, eran pequeñeces... Ahora hablábamos de una fábrica de cerveza, de unos cines de actualidades, inversiones de primer orden... Otra copita de menta... Pero ¿qué es esto? ¿La plaza Francisco Pizarro?... Bueno, el hombre de las tarjetas vino. ¡Si viera usted a Simón! Se puso a bailar de alegría; le juro que me abrazó y me besó... Él cogió cincuenta tarjetas y yo cincuenta. Fumamos el último puro. Yo le dije: «Me he quedado sin un cobre, pero quería darme este gusto». Simón se levantó y se fue a llamar por teléfono... Avisaría a su mujer que íbamos a comer... Quedé solo en el bar. ¿Usted sabe lo que es quedarse solo en un bar luego de haber estado horas conversando? Todo cambia, todo parece distinto; uno se da cuenta de que hay mozos, de que hay paredes, de que hay parroquianos, de que la otra gente también habla... Es muy raro... Unos hombres con patillas hablaban de toros, otros eran artistas, creo, porque decían cosas que yo no entendía... y los mozos pasaban y repasaban por la mesa... Le juro, sus caras no me gustaban... Pero ¿y Simón?, me dirá usted... ¡Pues Simón no venía! Esperé diez minutos, luego veinte; la gente del teatro Segura comenzó a llegar... Fui a buscarlo al baño... Cuando una persona se pierde en un bar, hay que ir a buscarla primero al baño... Luego fui al teléfono, di vueltas por el café, salí a los portales... ¡Nada!... En ese momento el mozo se me acercó con la cuenta... ¡Demonios! Se debía 47 soles... ¿En qué?, me digo yo. Pero allí estaba escrito... Yo dije: «Estoy esperando a mi amigo». Pero el mozo no me hizo caso y llamó al *maître*... Hablé con el *maître*, que es una especie de notario con una servilleta en la mano... Imposible entenderse... Le enseñé mis tarjetas..., ¡nada! Le dije: «¡Yo soy Pablo Saldaña!». ¡Ni caso! Le ofrecí asociarlo a nuestra empresa, darle parte de las utilidades... El tipo no daba su brazo a torcer... En eso pasó usted, ¿recuerda? ¡Fue verdaderamente una suerte! Con las autoridades es fácil entenderse; claro, usted es un hombre instruido, un oficial, sin duda; yo admiro nuestras instituciones, yo voy a los desfiles para aplaudir a la Policía... Usted me ha comprendido, naturalmente; usted se ha dado cuenta de que yo no soy una piltrafa, que yo soy un hombre importante, ¿eh?... Pero ¿qué es esto?, ¿dónde estamos?, ¿esta no es la comisaría?, ¿qué quieren estos hombres uniformados? ¡Suélteme, déjeme el brazo, le he dicho! ¿Qué se ha creído usted? ¡Aquí están mis tarjetas! Yo soy Pablo Saldaña, el gerente, el formador de la sociedad, yo soy un hombre, ¿entiende?, ¡un hombre!

Amberes, 1957

Los merengues

Apenas su mamá cerró la puerta, Perico saltó del colchón y escuchó, con el oído pegado a la madera, los pasos que se iban alejando por el largo corredor. Cuando se hubieron definitivamente perdido, se abalanzó hacia la cocina de querosene y hurgó en una de las hornillas malogradas. ¡Allí estaba! Extrayendo la bolsita de cuero, contó una por una las monedas —había aprendido a contar jugando a las bolitas— y constató, asombrado, que había cuarenta soles. Se echó veinte al bolsillo y guardó el resto en su lugar. No en vano, por la noche, había simulado dormir para espiar a su mamá. Ahora tenía lo suficiente para realizar su hermoso proyecto. Después no faltaría una excusa. En esos callejones de Santa Cruz, las puertas siempre están entreabiertas y los vecinos tienen caras de sospechosos. Ajustándose los zapatos, salió desalado hacia la calle.

En el camino fue pensando si invertiría todo su capital o solo parte de él. Y el recuerdo de los merengues —blancos, puros, vaporosos— lo decidieron por el gasto total. ¿Cuánto tiempo hacía que los observaba por la vidriera hasta sentir una salivación amarga en la garganta? Hacía ya varios meses que concurría a la pastelería de la esquina y solo se contentaba con mirar. El dependiente ya lo conocía y siempre que lo veía entrar lo consentía un momento para darle luego un coscorrón y decirle:

—¡Quita de acá, muchacho, que molestas a los clientes!

Y los clientes, que eran hombres gordos con tirantes o mujeres viejas con bolsas, lo aplastaban, lo pisaban y desmantelaban bulliciosamente la tienda.

Él recordaba, sin embargo, algunas escenas amables. Un señor, al percatarse un día de la ansiedad de su mirada, le preguntó su nombre, su edad, si estaba en el colegio, si tenía papá y por último le obsequió una rosquita. Él hubiera preferido un merengue, pero intuía que en los favores estaba prohibido elegir. También, un día, la hija del pastelero le regaló un pan de yema que estaba un poco duro.

—¡Empara! —dijo, aventándolo por encima del mostrador. Él tuvo que hacer un gran esfuerzo a pesar de lo cual cayó el pan al suelo y, al recogerlo, se acordó súbitamente de su perrito, a quien él tiraba carnes masticadas divirtiéndose cuando de un salto las emparaba en sus colmillos.

Pero no era el pan de yema ni los alfajores ni los piononos lo que le atraía: él solo amaba los merengues. A pesar de no haberlos probado nunca, conservaba viva la imagen de varios chicos que se los llevaban a la boca, como si fueran copos de nieve, ensuciándose los corbatines. Desde aquel día, los merengues constituían su obsesión.

Cuando llegó a la pastelería, había muchos clientes, ocupando todo el mostrador. Esperó que se despejara un poco el escenario, pero, no pudiendo resistir más, comenzó a empujar. Ahora no sentía vergüenza alguna y el dinero que empuñaba lo revestía de cierta autoridad y le daba derecho a codearse con los hombres de tirantes. Después de mucho esfuerzo, su cabeza apareció en primer plano, ante el asombro del dependiente.

—¿Ya estás aquí? ¡Vamos saliendo de la tienda!

Perico, lejos de obedecer, se irguió y con una expresión de triunfo reclamó: ¡veinte soles de merengues! Su voz estridente dominó en el bullicio de la pastelería y se hizo un silencio curioso. Algunos lo miraban, intrigados, pues era hasta cierto punto sorprendente ver a un rapaz de esa calaña comprar tan empalagosa golosina en tamaña proporción. El dependiente no le hizo caso y pronto el barullo se reinició. Perico quedó algo desconcertado, pero, estimulado por un sentimiento de poder, repitió en tono imperativo:

—¡Veinte soles de merengues!

El dependiente lo observó esta vez con cierta perplejidad, pero continuó despachando a los otros parroquianos.

—¿No ha oído? —insistió Perico excitándose—. ¡Quiero veinte soles de merengues!

El empleado se acercó esta vez y lo tiró de la oreja.

—¿Estás bromeando, palomilla?

Perico se agazapó.

—¡A ver, enséñame la plata!

Sin poder disimular su orgullo, echó sobre el mostrador el puñado de monedas. El dependiente contó el dinero.

—¿Y quieres que te dé todo esto en merengues?

—Sí —replicó Perico con una convicción que despertó la risa de algunos circunstantes.

—Buen empacho te vas a dar —comentó alguien.

Perico se volvió. Al notar que era observado con cierta benevolencia un poco lastimosa, se sintió abochornado. Como el pastelero lo olvidaba, repitió:

—Deme los merengues —pero esta vez su voz había perdido vitalidad y Perico comprendió que, por razones que no alcanzaba a explicarse, estaba pidiendo casi un favor.

—¿Vas a salir o no? —lo increpó el dependiente.

—Despácheme antes.

—¿Quién te ha encargado que compres esto?

—Mi mamá.

—Debes haber oído mal. ¿Veinte soles? Anda a preguntarle de nuevo o que te lo escriba en un papelito.

Perico quedó un momento pensativo. Extendió la mano hacia el dinero y lo fue retirando lentamente. Pero, al ver los merengues a través de la vidriera, renació su deseo, y ya no exigió sino que rogó con una voz quejumbrosa:

—¡Deme, pues, veinte soles de merengues!

Al ver que el dependiente se acercaba airado, pronto a expulsarlo, repitió conmovedoramente:

—¡Aunque sea diez soles, nada más!

El empleado, entonces, se inclinó por encima del mostrador y le dio el cocacho acostumbrado, pero a Perico le pareció que esta vez llevaba una fuerza definitiva.

—¡Quita de acá! ¿Estás loco? ¡Anda a hacer bromas a otro lugar!

Perico salió furioso de la pastelería. Con el dinero apretado entre los dedos y los ojos húmedos, vagabundeó por los alrededores.

Pronto llegó a los barrancos. Sentándose en lo alto del acantilado, contempló la playa. Le pareció en ese momento difícil restituir el dinero sin ser descubierto y maquinalmente fue arrojando las monedas una a una, haciéndolas tintinear sobre las piedras. Al hacerlo, iba pensando que esas monedas nada valían en sus manos, y en ese día cercano en que, grande ya y terrible, cortaría la cabeza de todos esos hombres gordos, de todos los mucamos de las pastelerías y hasta de los pelícanos que graznaban indiferentes a su alrededor.

Lima, 1952

La botella de chicha

En una ocasión tuve necesidad de una pequeña suma de dinero y, como me era imposible procurármela por las vías ordinarias, decidí hacer una pesquisa por la despensa de mi casa, con la esperanza de encontrar algún objeto vendible o pignorable. Luego de remover una serie de trastos viejos, divisé, acostada en un almohadón, como una criatura en su cuna, una vieja botella de chicha. Se trataba de una chicha que hacía más de quince años recibiéramos de una hacienda del norte y que mis padres guardaban celosamente para utilizarla en un importante suceso familiar. Mi padre me había dicho que la abriría cuando yo «me recibiera de bachiller». Mi madre, por otra parte, había hecho la misma promesa a mi hermana, para el día «que se casara». Pero ni mi hermana se había casado ni yo había elegido aún qué profesión iba a estudiar, por lo cual la chicha continuaba durmiendo el sueño de los justos y cobrando aquel inapreciable valor que dan a este género de bebidas los descansos prolongados.

Sin vacilar, cogí la botella del pico y la conduje a mi habitación. Luego de un paciente trabajo corté el alambre y extraje el corcho, que salió despedido como por el ánima de una escopeta. Bebí un dedito para probar su sabor y me hubiera acabado toda la botella si es que no la necesitara para un negocio mejor. Luego de verter su contenido en una pequeña pipa de barro, me dirigí a la calle con la pipa bajo el brazo. Pero a mitad del camino un escrúpulo me asaltó. Había dejado la botella vacía abandonada sobre la mesa y lo menos que podía hacer era restituirla a su antiguo lugar para disimular en parte las trazas de mi delito. Regresé a casa y, para tranquilizar aún más mi conciencia, llené la botella vacía con una buena medida de vinagre, la alambré, la encorché y la acosté en su almohadón.

Con la pipa de barro, me dirigí a la chichería de don Eduardo.

—Fíjate lo que tengo —dije, mostrándole el recipiente—. Una chicha de jora de veinte años. Solo quiero por ella treinta soles. Está regalada.

Don Eduardo se echó a reír.

—¡A mí!, ¡a mí! —exclamó, señalándose el pecho—. ¡A mí con ese cuento! Todos los días vienen a ofrecerme chicha y no solo de veinte años atrás. ¡No me fío de esas historias! ¡Como si las fuera a creer!

—Pero yo no te voy a engañar. Pruébala y verás.

—¿Probarla? ¿Para qué? Si probara todo lo que traen a vender, terminaría el día borracho, y, lo que es peor, mal emborrachado. ¡Anda, vete de aquí! Puede ser que en otro lado tengas más suerte.

Durante media hora recorrí todas las chicherías y bares de la cuadra. En muchos de ellos ni siquiera me dejaron hablar. Mi última decisión fue ofrecer mi producto en las casas particulares, pero mis ofertas, por lo general, no pasaron de la servidumbre. El único señor que se avino a recibirme me preguntó si yo era el mismo que el mes pasado le vendiera un viejo burdeos y como yo, cándidamente, le replicara que sí, fui cubierto de insultos y de amenazas e invitado a desaparecer en la forma menos cordial.

Humillado por este incidente, resolví regresar a mi casa. En el camino pensé que la única recompensa, luego de empresa tan vana, sería beberme la botella de chicha. Pero luego consideré que mi conducta sería egoísta, que no podía privar a mi familia de su pequeño tesoro solamente por satisfacer un capricho pasajero, y que lo más cuerdo sería verter la chicha en su botella y esperar, para beberla, a que mi hermana se casara o que a mí pudieran llamarme bachiller.

Cuando llegué a casa, había oscurecido y me sorprendió ver algunos carros en la puerta y muchas luces en las ventanas. No bien había ingresado a la cocina cuando sentí una voz que me interpelaba en la penumbra. Apenas tuve tiempo de ocultar la pipa de barro tras una pila de periódicos.

—¿Eres tú el que anda por allí? —preguntó mi madre encendiendo la luz—. ¡Esperándote como locos! ¡Ha llegado Raúl! ¿Te das cuenta? ¡Anda a saludarlo! ¡Tantos años que no ves a tu hermano! ¡Corre!, que ha preguntado por ti.

Cuando ingresé a la sala, quedé horrorizado. Sobre la mesa central estaba la botella de chicha aún sin descorchar. Apenas pude abrazar a mi hermano y observar que le había brotado un ridículo mostacho. «Cuando tu hermano regrese», era otra de las circunstancias esperadas. Y mi hermano estaba allí y estaban también otras personas y la botella y minúsculas copas, pues una bebida tan valiosa necesitaba administrarse como una medicina.

—Ahora que todos estamos reunidos —habló mi padre—, vamos al fin a poder brindar con la vieja chicha —y agració a los invitados con una larga historia acerca de la botella, exagerando, como era de esperar, su antigüedad. A mitad de su discurso, los circunstantes se relamían los labios.

La botella se descorchó, las copas se llenaron, se lanzó una que otra improvisación y, llegado el momento del brindis, observé que las copas se dirigían a los labios rectamente, inocentemente, y regresaban vacías a la mesa, entre grandes exclamaciones de placer.

—¡Excelente bebida!

—¡Nunca he tomado algo semejante!

—¿Cómo me dijo? ¿Treinta años guardada?

—¡Es digna de un cardenal!

—¡Yo que soy experto en bebidas, le aseguro, don Bonifacio, que como esta, ninguna!

Y mi hermano, conmovido por tan grande homenaje, añadió:

—Yo les agradezco, mis queridos padres, por haberme reservado esta sorpresa con ocasión de mi llegada.

El único que, naturalmente, no bebió una gota fui yo. Luego de acercármela a las narices y aspirar su nauseabundo olor a vinagre, la arrojé con disimulo en un florero.

Pero los concurrentes estaban excitados. Muchos de ellos dijeron que se habían quedado con la miel en los labios y no faltó uno más osado que insinuara a mi padre si no tenía por allí otra botellita escondida.

—¡Oh, no! —replicó—. ¡De estas cosas solo una! Es mucho pedir.

Noté, entonces, una consternación tan sincera en los invitados que me creí en la obligación de intervenir.

—Yo tengo por allí una pipa con chicha.

—¿Tú? —preguntó mi padre, sorprendido.

—Sí, una pipa pequeña. Un hombre vino a venderla... Dijo que era muy antigua.

—¡Bah! ¡Cuentos!

—Y yo se la compré por cinco soles.

—¿Por cinco soles? ¡No has debido pagar ni una peseta!

—A ver, la probaremos —dijo mi hermano—. Así veremos la diferencia.

—Sí, ¡que la traiga! —pidieron los invitados.

Mi padre, al ver tal expectativa, no tuvo más remedio que aceptar y yo me precipité hacia la cocina. Luego de extraer la pipa bajo el montón de periódicos, regresé a la sala con mi trofeo entre las manos.

—¡Aquí está! —exclamé, entregándosela a mi padre.

—¡Hum! —dijo él, observando la pipa con desconfianza—. Estas pipas son de última fabricación. Si no me equivoco, yo compré una parecida hace poco —y acercó la nariz al recipiente—. ¡Qué olor! ¡No! ¡Esto es una broma! ¿Dónde has comprado esto, muchacho? ¡Te han engañado! ¡Qué tontería! Debías haber consultado —y para justificar su actitud hizo circular la botija entre los concurrentes, quienes ordenadamente la olían y, después de hacer una mueca de repugnancia, la pasaban a su vecino.

—¡Vinagre!

—¡Me descompone el estómago!

—Pero ¿es que esto se puede tomar?

—¡Es para morirse!

Y como las expresiones aumentaban de tono, mi padre sintió renacer en sí su función moralizadora de jefe de familia y, tomando la pipa con una mano y a mí de una oreja con la otra, se dirigió a la puerta de calle.

—Ya te lo decía. ¡Te has dejado engañar como un bellaco! ¡Verás lo que se hace con esto!

Abrió la puerta y, con gran impulso, arrojó la pipa a la calle, por encima del muro. Un ruido de botija rota estalló en un segundo. Recibiendo un coscorrón en la cabeza, fui enviado a dar una vuelta por el jardín y mientras mi padre se frotaba las manos, satisfecho de su proceder, observé que en la acera pública, nuestra chicha, nuestra magnífica chicha norteña, guardada con tanto esmero durante quince años, respetada en tantos pequeños y tentadores compromisos, yacía extendida en una roja y dolorosa mancha. Un automóvil la pisó alargándola en dos huellas; una hoja de otoño naufragó en su superficie; un perro se acercó, la olió y la meó.

París, 1955

Por las azoteas

A los diez años yo era el monarca de las azoteas y gobernaba pacíficamente mi reino de objetos destruidos.

Las azoteas eran los recintos aéreos donde las personas mayores enviaban las cosas que no servían para nada: se encontraban allí sillas cojas, colchones despanzurrados, maceteros rajados, cocinas de carbón, muchos otros objetos que llevaban una vida purgativa, a medio camino entre el uso póstumo y el olvido. Entre todos estos trastos yo erraba omnipotente, ejerciendo la potestad que me fue negada en los bajos. Podía ahora pintar bigotes en el retrato del abuelo, calzar las viejas botas paternales o blandir como una jabalina la escoba que perdió su paja. Nada me estaba vedado: podía construir y destruir y con la misma libertad con que insuflaba vida a las pelotas de jebe reventadas, presidía la ejecución capital de los maniquíes.

Mi reino, al principio, se limitaba al techo de mi casa, pero, poco a poco, gracias a valerosas conquistas, fui extendiendo sus fronteras por las azoteas vecinas. De estas largas campañas, que no iban sin peligros —pues había que salvar vallas o saltar corredores abismales— regresaba siempre enriquecido con algún objeto que se añadía a mi tesoro o con algún rasguño que acrecentaba mi heroísmo. La presencia esporádica de alguna sirvienta que tendía ropa o de algún obrero que reparaba una chimenea no me causaba ninguna inquietud, pues yo estaba afincado soberanamente en una tierra en la cual ellos eran solo nómades o poblaciones trashumantes.

En los linderos de mi gobierno, sin embargo, había una zona inexplorada que siempre despertó mi codicia. Varias veces había llegado hasta sus inmediaciones, pero una alta empalizada de tablas puntiagudas me impedía seguir adelante. Yo no podía resignarme a que este accidente natural pusiera un límite a mis planes de expansión.

A comienzos del verano decidí lanzarme al asalto de la tierra desconocida. Arrastrando de techo en techo un velador desquiciado y un perchero vetusto, llegué al borde de la empalizada y construí una alta torre. Encaramándome en ella, logré pasar la cabeza. Al principio solo distinguí una azotea cuadrangular, partida al medio por una larga farola. Pero cuando me disponía a saltar en esa tierra nueva, divisé a un hombre sentado en una perezosa. El hombre parecía dormir. Su cabeza caía sobre un hombro y sus ojos, sombreados por un amplio sombrero de paja, estaban cerrados. Su rostro mostraba una barba descuidada, crecida casi por distracción, como la barba de los náufragos.

Probablemente hice algún ruido, pues el hombre enderezó la cabeza y quedó mirándome perplejo. El gesto que hizo con la mano lo interpreté como un signo de desalojo y, dando un salto, me alejé a la carrera.

Durante los días siguientes pasé el tiempo en mi azotea fortificando sus defensas, poniendo a buen recaudo mis tesoros, preparándome para lo que yo imaginaba que sería una guerra sangrienta. Me veía ya invadido por el hombre barbudo; saqueado, expulsado al atroz mundo de los bajos, donde todo era obediencia, manteles blancos, tías escrutadoras y despiadadas cortinas. Pero en los techos reinaba la calma más grande y en vano pasé horas atrincherado, vigilando la lenta ronda de los gatos o, de vez en cuando, el derrumbe de alguna cometa de papel.

En vista de ello decidí efectuar una salida para cerciorarme con qué clase de enemigo tenía que vérmelas, si se trataba realmente de un usurpador o de algún fugitivo que pedía tan solo derecho de asilo. Armado hasta los dientes, me aventuré fuera de mi fortín y poco a poco fui avanzando hacia la empalizada. En lugar de escalar la torre, contorneé la valla de maderas, buscando un agujero. Por entre la juntura de dos tablas apliqué el ojo y observé: el hombre seguía en la perezosa, contemplando sus largas manos transparentes o lanzando de cuando en cuando una mirada hacia el cielo, para seguir el paso de las nubes viajeras.

Yo hubiera pasado toda la mañana allí, entregado con delicia al espionaje, si es que el hombre, después de girar la cabeza, no quedara mirando fijamente el agujero.

—Pasa —dijo, haciéndome una seña con la mano—. Ya sé que estás allí. Vamos a conversar.

Esta invitación, si no equivalía a una rendición incondicional, revelaba al menos el deseo de parlamentar. Asegurando bien mis armamentos, trepé por el perchero y salté al otro lado de la empalizada. El hombre me miraba sonriente. Sacó un pañuelo blanco del bolsillo —¿era un signo de paz?— y se enjugó la frente.

—Hace rato que estás allí —dijo—. Tengo un oído muy fino. Nada se me escapa... ¡Este calor!

—¿Quién eres tú? —le pregunté.

—Yo soy el rey de la azotea —me respondió.

—¡No puede ser! —protesté—. El rey de la azotea soy yo. Todos los techos son míos. Desde que empezaron las vacaciones paso todo el tiempo en ellos. Si no vine antes por aquí, fue porque estaba muy ocupado por otro sitio.

—No importa —dijo—. Tú serás el rey durante el día y yo durante la noche.

—No —respondí—. Yo también reinaré durante la noche. Tengo una linterna. Cuando todos estén dormidos, caminaré por los techos.

—Está bien —me dijo—. ¡Reinarás también por la noche! Te regalo las azoteas, pero déjame al menos ser el rey de los gatos.

Su propuesta me pareció aceptable. Mentalmente lo convertía ya en una especie de pastor o domador de mis rebaños salvajes.

—Bueno, te dejo los gatos. Y las gallinas de la casa de al lado, si quieres. Pero todo lo demás es mío.

—Acordado —me dijo—. Acércate ahora. Te voy contar un cuento. Tú tienes cara de persona que le gustan los cuentos. ¿No es verdad? Escucha, pues: «Había una vez un hombre que sabía algo. Por esta razón lo colocaron en un púlpito. Después lo metieron en una cárcel. Después lo internaron en un manicomio. Después lo encerraron en un hospital. Después lo pusieron en un altar. Después quisieron colgarlo de una horca. Cansado, el hombre dijo que no sabía nada. Y solo entonces lo dejaron en paz».

Al decir esto, se echó a reír con una risa tan fuerte que terminó por ahogarse. Al ver que yo lo miraba sin inmutarme, se puso serio.

—No te ha gustado mi cuento —dijo—. Te voy a contar otro, otro mucho más fácil: «Había una vez un famoso imitador de circo que se llamaba Max. Con unas alas falsas y un pico de cartón, salía al ruedo y comenzaba a dar de saltos y a piar. ¡El avestruz!, decía la gente, señalándolo, y se moría de risa. Su imitación del avestruz lo hizo famoso en todo el mundo. Durante años repitió su número haciendo gozar a los niños y a los ancianos. Pero, a medida que pasaba el tiempo, Max se iba volviendo más triste y en el momento de morir llamó a sus amigos a su cabecera y les dijo: "Voy a revelarles un secreto. Nunca he querido imitar al avestruz, siempre he querido imitar al canario"».

Esta vez el hombre no rio, sino que quedó pensativo, mirándome con sus ojos indagadores.

—¿Quién eres tú? —le volví a preguntar—. ¿No me habrás engañado? ¿Por qué estás todo el día sentado aquí? ¿Por qué llevas barba? ¿Tú no trabajas? ¿Eres un vago?

—¡Demasiadas preguntas! —me respondió, alargando un brazo, con la palma vuelta hacia mí—. Otro día te responderé. Ahora vete, vete, por favor. ¿Por qué no regresas mañana? Mira el sol. Es como un ojo..., ¿lo ves? Como un ojo irritado. El ojo del infierno.

Yo miré hacia lo alto y vi solo un disco furioso que me enceguecío. Caminé, vacilando, hasta la empalizada y, cuando la salvaba, distinguí al hombre que se inclinaba sobre sus rodillas y se cubría la cara con su sombrero de paja.

Al día siguiente regresé.

—Te estaba esperando —me dijo el hombre—. Me aburro, he leído ya todos mis libros y no tengo nada que hacer.

En lugar de acercarme a él, que extendía una mano amigable, lancé una mirada codiciosa hacia un amontonamiento de objetos que se distinguía al otro lado de la farola. Vi una cama desarmada, una pila de botellas vacías.

—Ah, ya sé —dijo el hombre—. Tú vienes solamente por los trastos. Puedes llevarte lo que quieras. Lo que hay en la azotea —añadió con amargura— no sirve para nada.

—No vengo por los trastos —le respondí—. Tengo bastantes, tengo más que todo el mundo.

—Entonces escucha lo que te voy a decir: el verano es un dios que no me quiere. A mí me gustan las ciudades frías, las que tienen allá arriba una compuerta y dejan caer sus aguas, pero en Lima nunca llueve o cae tan pequeño rocío que apenas mata el polvo. ¿Por qué no inventamos algo para protegemos del sol?

—Una sombrilla —le dije—, una sombrilla enorme que tape toda la ciudad.

—Eso es, una sombrilla que tenga un gran mástil, como el de la carpa de un circo y que pueda desplegarse desde el suelo, con una soga, como se iza una bandera. Así estaríamos todos para siempre en la sombra. Y no sufriríamos.

Cuando dijo esto, me di cuenta de que estaba todo mojado, que la transpiración corría por sus barbas y humedecía sus manos.

—¿Sabes por qué estaban tan contentos los portapliegos de la oficina? —me preguntó de pronto—. Porque les habían dado un uniforme nuevo, con galones. Ellos creían haber cambiado de destino, cuando solo se habían mudado de traje.

—¿La construiremos de tela o de papel? —le pregunté.

El hombre quedó mirándome sin entenderme.

—¡Ah, la sombrilla! —exclamó—. La haremos mejor de piel, ¿qué te parece? De piel humana. Cada cual daría una oreja o un dedo. Y al que no quiera dárnoslo, se lo arrancaremos con una tenaza.

Yo me eché a reír. El hombre me imitó. Yo me reía de su risa y no tanto de lo que había imaginado —que le arrancaba a mi profesora la oreja con un alicate— cuando el hombre se contuvo.

—Es bueno reír —dijo—, pero siempre sin olvidar algunas cosas: por ejemplo, que hasta las bocas de los niños se llenarán de larvas y que la casa del maestro será convertida en cabaré por sus discípulos.

A partir de entonces iba a visitar todas las mañanas al hombre de la perezosa. Abandonando mi reserva, comencé a abrumarlo con toda clase de mentiras e invenciones. Él me escuchaba con atención, me interrumpía solo para darme crédito y alentaba con pasión todas mis fantasías. La sombrilla había dejado de preocuparnos y ahora ideábamos unos zapatos para andar sobre el mar, unos patines para aligerar la fatiga de las tortugas.

A pesar de nuestras largas conversaciones, sin embargo, yo sabía poco o nada de él. Cada vez que lo interrogaba sobre su persona, me daba respuestas disparatadas u oscuras:

—Ya te lo he dicho: yo soy el rey de los gatos. ¿Nunca has subido de noche? Si vienes alguna vez, verás cómo me crece un rabo, cómo se afilan mis uñas, cómo se encienden mis ojos y cómo todos los gatos de los alrededores vienen en procesión para hacerme reverencias.

O decía:

—Yo soy eso, sencillamente eso y nada más, nunca lo olvides; un trasto.

Otro día me dijo:

—Yo soy como ese hombre que después de diez años de muerto resucitó y regresó a su casa envuelto en su mortaja. Al principio, sus familiares se asustaron y huyeron de él. Luego se hicieron los que no lo reconocían. Luego lo admitieron, pero haciéndole ver que ya no tenía sitio en la mesa ni lecho donde dormir. Luego lo expulsaron al jardín, después al camino, después al otro lado de la ciudad, pero, como el hombre siempre tendía a regresar, todos se pusieron de acuerdo y lo asesinaron.

A mediados del verano, el calor se hizo insoportable. El sol derretía el asfalto de las pistas, donde los saltamontes quedaban atrapados. Por todo sitio se respiraba brutalidad y pereza. Yo iba por las mañanas a la playa en los tranvías atestados, llegaba a casa arenoso y famélico y después de almorzar subía a la azotea para visitar al hombre de la perezosa.

Este había instalado un parasol al lado de su sillona y se abanicaba con una hoja de periódico. Sus mejillas se habían ahuecado y, sin su locuacidad de antes, permanecía silencioso, agrio, lanzando miradas coléricas al cielo.

—¡El sol, el sol! —repetía—. Pasará él o pasaré yo. ¡Si pudiéramos derribarlo con una escopeta de corcho!

Una de esas tardes me recibió muy inquieto. A un lado de su sillona tenía una caja de cartón. Apenas me vio, extrajo de ella una bolsa con fruta y una botella de limonada.

—Hoy es mi santo —dijo—. Vamos a festejarlo. ¿Sabes lo que es tener treinta y tres años? Conocer de las cosas el nombre, de los países el mapa. Y todo por algo infinitamente pequeño, tan pequeño que la uña de mi dedo meñique sería un mundo a su lado. Pero ¿no decía un escritor famoso que las cosas más pequeñas son las que más nos atormentan, como, por ejemplo, los botones de la camisa?

Ese día me estuvo hablando hasta tarde, hasta que el sol de brujas encendió los cristales de las farolas y crecieron largas sombras detrás de cada ventana teatina.

Cuando me retiraba, el hombre me dijo:

—Pronto terminarán las vacaciones. Entonces, ya no vendrás a verme. Pero no importa, porque ya habrán llegado las primeras lloviznas.

En efecto, las vacaciones terminaban. Los muchachos vivíamos ávidamente esos últimos días calurosos, sintiendo ya en lontananza un olor a tinta, a maestro, a cuadernos nuevos. Yo andaba oprimido por las azoteas, inspeccionando tanto espacio conquistado en vano, sabiendo que se iba a pique mi verano, mi nave de oro cargada de riquezas.

El hombre de la perezosa parecía consumirse. Bajo su parasol, lo veía cobrizo, mudo, observando con ansiedad el último asalto del calor, que hacía arder la torta de los techos.

—¡Todavía dura! —decía señalando el cielo—. ¿No te parece una maldad? Ah, las ciudades frías, las ventosas. Canícula, palabra fea, palabra que recuerda a un arma, a un cuchillo.

Al día siguiente me entregó un libro:

—Lo leerás cuando no puedas subir. Así te acordarás de tu amigo..., de este largo verano.

Era un libro con grabados azules, donde había un personaje que se llamaba Rogelio. Mi madre lo descubrió en el velador. Yo le dije que me lo había regalado «el hombre de la perezosa». Ella indagó, averiguó y, cogiendo el libro con un papel, fue corriendo a arrojarlo a la basura.

—¿Por qué no me habías dicho que hablabas con ese hombre? ¡Ya verás esta noche cuando venga tu papá! Nunca más subirás a la azotea.

Esa noche mi papá me dijo:

—Ese hombre está marcado. Te prohíbo que vuelvas a verlo. Nunca más subirás a la azotea.

Mi mamá comenzó a vigilar la escalera que llevaba a los techos. Yo andaba asustado por los corredores de mi casa, por las atroces alcobas, me dejaba caer en las sillas, miraba hasta la extenuación el empapelado del comedor —una manzana, un plátano, repetidos hasta el infinito— u hojeaba los álbumes llenos de parientes muertos. Pero mi oído solo estaba atento a los rumores del techo, donde los últimos días dorados me aguardaban. Y mi amigo en ellos, solitario entre los trastos.

Se abrieron las clases en días aún ardientes. Las ocupaciones del colegio me distrajeron. Pasaba mañanas interminables en mi pupitre, aprendiendo los nombres de los catorce incas y dibujando el mapa del Perú con mis lápices de cera. Me parecían lejanas las vacaciones, ajenas a mí, como leídas en un almanaque viejo.

Una tarde, el patio de recreo se ensombreció, una brisa fría barrió el aire caldeado y pronto la garúa comenzó a resonar sobre las palmeras. Era la primera lluvia de otoño. De inmediato me acordé de mi amigo, lo vi jubiloso, recibiendo con las manos abiertas esa agua caída del cielo que lavaría su piel, su corazón.

Al llegar a casa estaba resuelto a hacerle una visita. Burlando la vigilancia materna, subí a los techos. A esa hora, bajo ese tiempo gris, todo parecía distinto. En los cordeles, la ropa olvidada se mecía y respiraba en la penumbra, y contra las farolas los maniquíes parecían cuerpos mutilados. Yo atravesé, angustiado, mis dominios y a través de barandas y tragaluces llegué a la empalizada. Encaramándome en el perchero, me asomé al otro lado.

Solo vi un cuadrilátero de tierra humedecida. La sillona, desarmada, reposaba contra el somier oxidado de un catre. Caminé un rato por ese reducto frío, tratando de encontrar una pista, un indicio de su antigua palpitación. Cerca de la sillona había una escupidera de loza. Por la larga farola, en cambio, subía la luz, el rumor de la vida. Asomándome a sus cristales vi el interior de la casa de mi amigo, un corredor de losetas por donde hombres vestidos de luto circulaban pensativos.

Entonces comprendí que la lluvia había llegado demasiado tarde.

Berlín, 1958

El profesor suplente

Hacia el atardecer, cuando Matías y su mujer sorbían un triste té y se quejaban de la miseria de la clase media, de la necesidad de tener que andar siempre con la camisa limpia, del precio de los transportes, de los aumentos de ley, en fin, de lo que hablan a la hora del crepúsculo los matrimonios pobres, se escucharon en la puerta unos golpes estrepitosos y cuando la abrieron irrumpió el doctor Valencia, bastón en mano, sofocado por el cuello duro.

—¡Mi querido Matías! ¡Vengo a darte una gran noticia! De ahora en adelante serás profesor. No me digas que no..., ¡espera! Como tengo que ausentarme unos meses del país, he decidido dejarte mis clases de Historia en el colegio. No se trata de un gran puesto y los emolumentos no son grandiosos, pero es una magnífica ocasión para iniciarte en la enseñanza. Con el tiempo podrás conseguir otras horas de clases, se te abrirán las puertas de otros colegios, quién sabe si podrás llegar a la universidad... Eso depende de ti. Yo siempre te he tenido una gran confianza. Es injusto que un hombre de tu calidad, un hombre ilustrado, que ha cursado estudios superiores, tenga que ganarse la vida como cobrador... No, señor, eso no está bien, soy el primero en reconocerlo. Tu puesto está en el magisterio... No lo pienses dos veces. En el acto llamo al director para decirle que ya he encontrado un reemplazo. No hay tiempo que perder, un taxi me espera en la puerta... ¡Y abrázame, Matías, dime que soy tu amigo!

Antes de que Matías tuviera tiempo de emitir su opinión, el doctor Valencia había llamado al colegio, había hablado con el director, había abrazado por cuarta vez a su amigo y había partido como un celaje, sin quitarse siquiera el sombrero.

Durante unos minutos, Matías quedó pensativo, acariciando esa bella calva que hacía la delicia de los niños y el terror de las amas de casa. Con un gesto enérgico, impidió que su mujer intercalara un comentario y, silenciosamente, se acercó al aparador, se sirvió del oporto reservado a las visitas y lo paladeó sin prisa, luego de haberlo observado contra la luz de la farola.

—Todo esto no me sorprende —dijo al fin—. Un hombre de mi calidad no podía quedar sepultado en el olvido.

Después de la cena se encerró en el comedor, se hizo llevar una cafetera, desempolvó sus viejos textos de estudio y ordenó a su mujer que nadie lo interrumpiera, ni siquiera Baltazar y Luciano, sus colegas de trabajo, con quienes acostumbraba reunirse por las noches para jugar a las cartas y hacer chistes procaces contra sus patrones de la oficina.

A las diez de la mañana, Matías abandonaba su departamento; la lección inaugural bien aprendida, rechazando con un poco de impaciencia la solicitud de su mujer, quien lo perseguía por el corredor de la quinta, quitándole las últimas pelusillas de su terno de ceremonia.

—No te olvides de poner la tarjeta en la puerta —recomendó Matías antes de partir—. Que se lea bien: MATÍAS PALOMINO, PROFESOR DE HISTORIA.

En el camino se entretuvo repasando mentalmente los párrafos de su lección. Durante la noche anterior no había podido evitar un temblorcito de gozo cuando, para designar a Luis XVI, había descubierto el epíteto de Hidra. El epíteto pertenecía al siglo XIX y había caído un poco en desuso, pero Matías, por su porte y sus lecturas, seguía perteneciendo al siglo XIX y su inteligencia, por donde se la mirara, era una inteligencia en desuso. Desde hacía doce años, cuando por dos veces consecutivas fue aplazado en el examen de bachillerato, no había vuelto a hojear un solo libro de estudios ni a someter una sola cogitación al apetito un poco lánguido de su espíritu. Él siempre achacó sus fracasos académicos a la malevolencia del jurado y a esa especie de amnesia repentina que lo asaltaba sin remisión cada vez que tenía que poner en evidencia sus conocimientos. Pero si no había podido optar al título de abogado, había elegido la prosa y el corbatín del notario: si no por ciencia, al menos por apariencia, quedaba siempre dentro de los límites de la profesión.

Cuando llegó ante la fachada del colegio, se sobreparó en seco y quedó un poco perplejo. El gran reloj del frontis le indicó que llevaba un adelanto de diez minutos. Ser demasiado puntual le pareció poco elegante y resolvió que bien valía la pena caminar hasta la esquina. Al cruzar delante de la verja escolar, divisó un portero de semblante hosco, que vigilaba la calzada, las manos cruzadas a la espalda.

En la esquina del parque se detuvo, sacó un pañuelo y se enjugó la frente. Hacía un poco de calor. Un pino y una palmera, confundiendo sus sombras, le recordaron un verso, cuyo autor trató en vano de identificar. Se disponía a regresar —el reloj del municipio acababa de dar las once— cuando detrás de la vidriera de una tienda de discos distinguió a un hombre pálido que lo espiaba. Con sorpresa constató que ese hombre no era otra cosa que su propio reflejo. Observándose con disimulo, hizo un guiño, como para disipar esa expresión un poco lóbrega que la mala noche de estudio y de café había grabado en sus facciones. Pero la expresión, lejos de desaparecer, desplegó nuevos signos y Matías comprobó que su calva convalecía tristemente entre los mechones de las sienes y que su bigote caía sobre sus labios con un gesto de absoluto vencimiento.

Un poco mortificado por la observación, se retiró con ímpetu de la vidriera. Una sofocación de mañana estival hizo que aflojara su corbatín de raso. Pero cuando llegó ante la fachada del colegio, sin que en apariencia nada la provocara, una duda tremenda lo asaltó: en ese momento no podía precisar si la hidra era un animal marino, un monstruo mitológico o una invención de ese doctor Valencia, quien empleaba figuras semejantes para demoler a sus enemigos del Parlamento. Confundido, abrió su maletín para revisar sus apuntes, cuando se percató de que el portero no le quitaba el ojo de encima. Esta mirada, viniendo de un hombre uniformado, despertó en su conciencia de pequeño contribuyente tenebrosas asociaciones y, sin poder evitarlo, prosiguió su marcha hasta la esquina opuesta.

Allí se detuvo resollando. Ya el problema de la hidra no le interesaba: esa duda había arrastrado otras muchísimo más urgentes. Ahora en su cabeza todo se confundía. Hacía de Colbert un ministro inglés, la joroba de Marat la colocaba sobre los hombros de Robespierre y, por un artificio de su imaginación, los finos alejandrinos de Chenier iban a parar a los labios del verdugo Sansón. Aterrado por tal deslizamiento de ideas, giró los ojos locamente en busca de una pulpería. Una sed impostergable lo abrasaba.

Durante un cuarto de hora recorrió inútilmente las calles adyacentes. En ese barrio residencial solo se encontraban salones de peinado. Luego de infinitas vueltas, se dio de bruces con la tienda de discos y su imagen volvió a surgir del fondo de la vidriera. Esta vez Matías la examinó: alrededor de los ojos habían aparecido dos anillos negros que describían sutilmente un círculo que no podía ser otro que el círculo del terror.

Desconcertado, se volvió y quedó contemplando el panorama del parque. El corazón le cabeceaba como un pájaro enjaulado. A pesar de que las agujas del reloj continuaban girando, Matías se mantuvo rígido, testarudamente ocupado en cosas insignificantes, como en contar las ramas de un árbol, y luego en descifrar las letras de un aviso comercial perdido en el follaje.

Un campanazo parroquiano lo hizo volver en sí. Matías se dio cuenta de que aún estaba en la hora. Echando mano a todas sus virtudes, incluso a aquellas virtudes equívocas como la terquedad, logró componer algo que podría ser una convicción y, ofuscado por tanto tiempo perdido, se lanzó al colegio. Con el movimiento, aumentó su coraje. Al divisar la verja, asumió el aire profundo y atareado de un hombre de negocios. Se disponía a cruzarla cuando, al levantar la vista, distinguió al lado del portero a un cónclave de hombres canosos y ensotanados que lo espiaban, inquietos. Esta inesperada composición —que le recordó a los jurados de su infancia— fue suficiente para desatar una profusión de reflejos de defensa y, virando con rapidez, se escapó hacia la avenida.

A los veinte pasos se dio cuenta de que alguien lo seguía. Una voz sonaba a sus espaldas. Era el portero.

—Por favor —decía—. ¿No es usted el señor Palomino, el nuevo profesor de Historia? Los hermanos lo están esperando.

Matías se volvió, rojo de ira.

—¡Yo soy cobrador! —contestó brutalmente, como si hubiera sido víctima de alguna vergonzosa confusión.

El portero le pidió excusas y se retiró. Matías prosiguió su camino, llegó a la avenida, torció hacia el parque, anduvo sin rumbo entre la gente que iba de compras, se resbaló en un sardinel, estuvo a punto de derribar a un ciego y cayó finalmente en una banca, abochornado, entorpecido, como si tuviera un queso por cerebro.

Cuando los niños que salían del colegio comenzaron a retozar a su alrededor, despertó de su letargo. Confundido aún, bajo la impresión de haber sido objeto de una humillante estafa, se incorporó y tomó el camino de su casa. Inconscientemente eligió una ruta llena de meandros. Se distraía. La realidad se le escapaba por todas las fisuras de su imaginación. Pensaba que algún día sería millonario por un golpe de azar. Solamente cuando llegó a la quinta y vio que su mujer lo esperaba en la puerta del departamento, con el delantal amarrado a la cintura, tomó conciencia de su enorme frustración. No obstante se repuso, tentó una sonrisa y se aprestó a recibir a su mujer, que ya corría por el pasillo con los brazos abiertos.

—¿Qué tal te ha ido? ¿Dictaste tu clase? ¿Qué han dicho los alumnos?

—¡Magnífico!... ¡Todo ha sido magnífico! —balbuceó Matías—. ¡Me aplaudieron! —pero al sentir los brazos de su mujer que lo enlazaban del cuello y al ver en sus ojos, por primera vez, una llama de invencible orgullo, inclinó con violencia la cabeza y se echó desoladamente a llorar.

Amberes, 1957

Una aventura nocturna

A los cuarenta años, Arístides podía considerarse con toda razón como un hombre «excluido del festín de la vida». No tenía esposa ni querida, trabajaba en los sótanos del municipio anotando partidas del Registro Civil y vivía en un departamento minúsculo de la avenida Larco, lleno de ropa sucia, de muebles averiados y de fotografías de artistas prendidas a la pared con alfileres. Sus viejos amigos, ahora casados y prósperos, pasaban de largo en sus automóviles cuando él hacía la cola del ómnibus y si por casualidad se encontraban con él en algún lugar público, se limitaban a darle un rápido apretón de manos en el que se deslizaba cierta dosis de repugnancia. Porque Arístides no era solamente la imagen moral del fracaso sino el símbolo físico del abandono: andaba mal trajeado, se afeitaba sin cuidado y olía a comida barata, a fonda de mala muerte.

De este modo, sin relaciones y sin recuerdos, Arístides era el cliente obligado de los cines de barrio y el usuario perfecto de las bancas públicas. En las salas de los cines, al abrigo de la luz, se sentía escondido y al mismo tiempo acompañado por la legión de sombras que reían o lagrimeaban a su alrededor. En los parques podía entablar conversación con los ancianos, con los tullidos o con los pordioseros y sentirse así partícipe de esa inmensa familia de gentes que, como él, llevaban en la solapa la insignia invisible de la soledad.

Una noche, desertando de sus lugares preferidos, Arístides se echó a caminar sin rumbo por las calles de Miraflores. Recorrió toda la avenida Pardo, llegó al malecón, siguió por la Costanera, contorneó el cuartel San Martín, por calles cada vez más solitarias, por barrios apenas nacidos a la vida y que no habían visto tal vez ni siquiera un solo entierro. Pasó por una iglesia, por un cine en construcción, volvió a pasar por la iglesia y finalmente se extravió. Poco después de medianoche erraba por una urbanización desconocida donde comenzaban a levantarse los primeros edificios de departamentos del balneario.

Un café, cuya enorme terraza llena de mesitas estaba desierta, llamó su atención. Sobreparándose, pegó las narices a la mampara y observó el interior. El reloj marcaba la una de la mañana. No se veía un solo parroquiano. Tan solo detrás del mostrador, al lado de la caja, pudo distinguir a una mujer gorda, con pieles, que fumaba un cigarrillo y leía distraídamente un periódico. La mujer elevó la vista y lo miró con una expresión de moderada complacencia. Arístides, completamente turbado, prosiguió su camino.

Cien pasos más allá se detuvo y observó a su alrededor: los inmuebles modernos dormían un sueño profundo y sin historia. Arístides tuvo la sensación de estar hollando tierra virgen, de vestirse de un paisaje nuevo que tocaba su corazón y lo retocaba de un ardor invencible. Volviendo sobre sus pasos, se aproximó cautelosamente al café. La mujer continuaba sentada y, al divisarlo, reprodujo su gesto delicadamente risueño. Arístides se alejó con precipitación, se detuvo a medio camino, vaciló, regresó, espió nuevamente y, empujando al fin la puerta de vidrio, se introdujo hasta ocupar una mesita roja, donde quedó inmóvil, sin levantar la mirada.

Allí esperó un momento, no sabía concretamente qué, observando una mosca desalada que se arrastraba con pena hacia el abismo. Luego, sin poder contener el temblor de sus piernas, elevó tímidamente un ojo: la mujer lo estaba contemplando por encima de su periódico. Conteniendo un bostezo, dejó escuchar una voz gruesa, un poco varonil:

—Los mozos ya se han ido, caballero.

Arístides recogió la frase y la guardó dentro de sí, presa de un violento regocijo: una desconocida le había hablado en la noche. Pero de inmediato comprendió que esa frase era una invitación a la partida. Súbitamente confundido, se puso de pie.

—Pero yo lo puedo servir, ¿qué cosa quiere? —la mujer avanzaba hacia él con un andar un poco lerdo al cual no se le podía negar cierta majestad.

Arístides volvió a sentarse:

—Un café. Solamente un café.

La mujer había llegado a la mesa para apoyar en su borde una mano regordeta cargada de joyas:

—Ya está apagada la máquina. Le puedo servir un licor.

—Entonces, una cerveza.

La mujer se retiró al bar. Arístides aprovechó para observarla. No cabía duda de que era la patrona. A juzgar por el establecimiento, debía tener mucho dinero. Con un rápido movimiento, acomodó su vieja corbata y alisó sus cabellos. La mujer regresaba. Además de la cerveza traía una botella de coñac y una copa.

—Lo acompañaré —dijo sentándose a su lado—. Tengo la costumbre de beber siempre algo con el último parroquiano.

Arístides agradeció con una venia. La mujer encendió un cigarrillo.

—Hermosa noche —dijo—. ¿Le gusta a usted pasear? Yo soy un poco noctámbula. Pero en este barrio la gente se acuesta temprano y a partir de medianoche me encuentro completamente sola.

—Es un poco triste —balbuceó Arístides.

—Yo vivo en los altos del bar —su mano señaló una puerta perdida al fondo del local—. A las dos cierro las mamparas y me voy a dormir.

Arístides se atrevió a mirarla al rostro. La mujer soplaba el humo con elegancia y lo miraba sonriente. La situación le pareció excitante. De buena gana hubiera pagado su consumo para salir a la carrera, coger al primer transeúnte y contarle esa maravillosa historia de una mujer que en plena noche le hacía avances inquietantes. Pero ya la mujer se había puesto de pie:

—¿Tiene usted una moneda de a sol? Voy a poner un disco.

Arístides alargó presurosamente su moneda.

La mujer puso música suave y regresó. Arístides miró hacia la calle: no se veía una sombra. Alentado por este detalle, presa de un repentino coraje, la invitó a bailar.

—Encantada —dijo la mujer, dejando su cigarrillo en el borde de la mesa y despojándose de su chal de piel para descubrir unos hombros fláccidos, salpicados de pecas.

Solo cuando la tuvo cogida del talle —tieso y fajado bajo su mano inexperta— tuvo la convicción Arístides de estar realizando uno de sus viejos sueños de solterón pobre: tener una aventura con una mujer. Que fuera vieja o gorda era lo de menos. Ya su imaginación la desplumaría de todos sus defectos. Mirando las repisas con botellas que giraban a su alrededor, Arístides se reconciliaba con la vida y, desdoblándose, se burlaba de aquel otro Arístides, lejano ya y olvidado, que temblaba de gozo una semana solo porque un desconocido se le acercaba para preguntarle la hora.

Cuando terminaron de bailar, regresaron a la mesa. Allí conversaron un momento. La mujer le invitó una copa de coñac. Arístides aceptó hasta un cigarrillo.

—Nunca fumo —dijo—. Pero ahora lo hago, no sé por qué.

Su frase le pareció banal. La mujer se había echado a reír. Arístides propuso otro baile.

—Cerraré antes las persianas —dijo la mujer, encaminándose hacia la terraza.

Bailaron aún. Arístides observó que el reloj de pared había marcado las dos horas. A pesar de ello la mujer no se decidía a retirarse. Esto le pareció un buen augurio e invitó a su vez un coñac. Empezó a sentirse un poco envanecido. Hizo preguntas indiscretas con el objeto de crear un clima de intimidad. Se enteró de que vivía sola, y estaba separada de su marido. La había cogido de la mano.

—Bueno —dijo la dueña levantándose—, es hora de cerrar el bar.

Conteniendo un bostezo, se dirigió hacia la puerta.

—Me quedo —dijo Arístides, con un tono imperioso que lo sorprendió.

A medio camino, la mujer se volvió:

—Claro. Está convenido —y continuó su marcha.

Arístides se tiró de los puños de la camisa, los volvió a esconder porque estaban deshilachados, se sirvió otra copa, encendió un cigarrillo, lo apagó, lo encendió otra vez. Desde la mesa observaba a la mujer y la lentitud de sus movimientos lo impacientaba. Vio cómo cogía un vaso y lo llevaba hasta el mostrador. Luego hacía lo mismo con un cenicero, con una taza. Cuando todas las mesas quedaron limpias, experimentó un enorme alivio. La mujer se dirigió hacia la puerta y, en lugar de cerrarla, quedó apoyada en el marco inmóvil, mirando hacia la calle.

—¿Qué hay? —preguntó Arístides.

—Hay que guardar las mesas de la terraza.

Arístides se levantó, maldiciendo entre dientes. Para echarse prosa, avanzó hacia la puerta mientras decía:

—Esa es cosa de hombres.

Cuando llegó a la terraza, sufrió un sobresalto: había una treintena de mesas con su respectiva serie de sillas y ceniceros. Mentalmente calculó que en guardar aquello tardaría un cuarto de hora.

—Si las dejamos afuera, se las roban —observó la patrona.

Arístides empezó su trabajo. Primero recogió todos los ceniceros. Luego empezó con las sillas.

—¡Pero no en desorden! —protestó la mujer—. Hay que apilarlas bien para que mañana el mozo haga la limpieza.

Arístides obedeció. A mitad de su labor sudaba copiosamente. Guardaba las mesas, que eran de hierro y pesaban como caballos. La dueña, siempre en el dintel lo miraba trabajar con una expresión amorosa. A veces, cuando él pasaba resoplando a su lado, extendía la mano y le acariciaba los cabellos. Este gesto terminó de reanimar a Arístides, por darle la ilusión de ser el marido cumpliendo sus deberes conyugales para luego ejercer sus derechos.

—Ya no puedo más —se quejó al ver que la terraza seguía llena de mesas, como si estas se multiplicaran por algún encanto.

—Creí que eras más resistente —respondió la mujer con ironía.

Arístides la miró a los ojos.

—Valor, que ya falta poco —añadió ella, haciéndole un guiño.

Al cabo de media hora, Arístides había dejado limpia la terraza. Sacando su pañuelo se enjugó el sudor. Pensaba si tamaño esfuerzo no comprometería su virilidad. Menos mal que todo el bar estaba a su disposición y que podría reponerse con un buen trago. Se disponía a ingresar al bar, cuando la mujer lo contuvo:

—¡Mi macetero! ¿Lo vas a dejar afuera?

Todavía faltaba el macetero. Arístides observó el gigantesco artefacto a la entrada de la terraza, donde un vulgar geranio se deshojaba. Armándose de coraje se acercó a él y lo levantó en peso. Encorvado por el esfuerzo, avanzó hacia la puerta y, cuando levantó la cabeza, comprobó que la mujer acababa de cerrarla. Detrás del cristal lo miraba sin abandonar su expresión risueña.

—¡Abra! —musitó Arístides.

La patrona hizo un gesto negativo y gracioso, con el dedo.

—¡Abra! ¿No ve que me estoy doblando?

La mujer volvió a negar.

—¡Por favor, abra, no estoy para bromas!

La mujer corrió el cerrojo, hizo una atenta reverencia y le volvió la espalda. Arístides, sin soltar el macetero, vio cómo se alejaba cansadamente, apagando las luces, recogiendo las copas, hasta desaparecer por la puerta del fondo. Cuando todo quedó oscuro y en silencio, Arístides alzó el macetero por encima de su cabeza y lo estrelló contra el suelo. El ruido de la terracota haciéndose trizas lo hizo volver en sí: en cada añico reconoció un pedazo de su ilusión rota. Y tuvo la sensación de una vergüenza atroz, como si un perro lo hubiera orinado.

Lima, 1958

Al pie del acantilado

a Hernando Cortés

Nosotros somos como la higuerilla, como esa planta salvaje que brota y se multiplica en los lugares más amargos y escarpados. Véanla cómo crece en el arenal, sobre el canto rodado, en las acequias sin riego, en el desmonte, alrededor de los muladares. Ella no pide favores a nadie, pide tan solo un pedazo de espacio para sobrevivir. No le dan tregua el sol ni la sal de los vientos del mar, la pisan los hombres y los tractores, pero la higuerilla sigue creciendo, propagándose, alimentándose de piedras y de basura. Por eso digo que somos como la higuerilla, nosotros, la gente del pueblo. Allí donde el hombre de la costa encuentra una higuerilla, allí hace su casa porque sabe que allí podrá también él vivir.

Nosotros la encontramos al fondo del barranco, en los viejos baños de Magdalena. Veníamos huyendo de la ciudad como bandidos porque los escribanos y los policías nos habían echado de quinta en quinta y de corralón en corralón. Vimos la planta allí, creciendo humildemente entre tanta ruina, entre tanto patillo muerto y tanto derrumbe de piedras, y decidimos levantar nuestra morada.

La gente decía que esos baños fueron famosos en otra época, cuando los hombres usaban escarpines y las mujeres se metían al agua en camisón. En ese tiempo no existían las playas de Agua Dulce y La Herradura. Dicen también que los últimos concesionarios del establecimiento no pudieron soportar la competencia de las otras playas ni la soledad ni los derrumbes y que por eso se fueron llevándose todo lo que pudieron: se llevaron las puertas, las ventanas, todas las barandas y las tuberías. El tiempo hizo lo demás. Por eso, cuando nosotros llegamos, solo encontramos ruinas por todas partes, ruinas y, en medio de todo, la higuerilla.

Al principio no supimos qué comer y vagamos por la playa buscando conchas y caracoles. Después recogimos esos bichos que se llaman muimuy, los hervimos y preparamos un caldo lleno de fuerza, que nos emborrachó. Más tarde, no recuerdo cuándo, descubrimos a un kilómetro de allí una caleta de pescadores, donde mi hijo Pepe y yo trabajamos durante un buen tiempo, mientras Toribio, el menor, hacía la cocina. De este modo aprendimos el oficio, compramos cordeles, anzuelos y comenzamos a trabajar por nuestra propia cuenta, pescando toyos, robalos, bonitos, que vendíamos en la paradita de Santa Cruz.

Así fue como empezamos, yo y mis dos hijos, los tres solos. Nadie nos ayudó. Nadie nos dio jamás un mendrugo ni se lo pedimos tampoco a nadie. Pero al año ya teníamos nuestra casa en el fondo del barranco y ya no nos importaba que allá arriba la ciudad fuera creciendo y se llenara de palacios y de policías. Nosotros habíamos echado raíces sobre la sal.

Nuestra vida fue dura, hay que decirlo. A veces pienso que san Pedro, el santo de la gente del mar, nos ayudó. Otras veces pienso que se rio de nosotros y nos mostró, a todo lo ancho, sus espaldas.

Esa mañana que Pepe vino corriendo al terraplén de la casa, con los pelos parados, como si hubiera visto al diablo, me asusté. Él venía de las filtraciones de agua dulce que caen por las paredes del barranco. Cogiéndome del brazo me arrastró hasta el talud, al pie del cual estaba nuestra casa y me mostró una enorme grieta que llegaba hasta el nivel de la playa. No supimos cómo se había hecho, ni cuándo, pero lo cierto es que estaba allí. Con un palo exploré su profundidad y luego me senté a cavilar sobre el pedregullo.

—¡Somos unos imbéciles! —maldije—. ¿Cómo se nos ha ocurrido construir nuestra casa en este lugar? Ahora me explico por qué la gente no ha querido nunca utilizar este terraplén. El barranco se va derrumbando cada cierto tiempo. No será hoy ni mañana, pero cualquier día de estos se vendrá abajo y nos enterrará como a cucarachas. ¡Tenemos que irnos de aquí!

Esa misma mañana recorrimos toda la playa, buscando un nuevo refugio. La playa, digo, pero hay que conocer esta playa: es apenas una pestaña entre el acantilado y el mar. Cuando hay mar brava, las olas trepan por la ribera y se estrellan contra la base del barranco. Luego subimos por la quebrada que lleva a la ciudad y buscamos en vano una explanada. Es una quebrada estrecha como un desfiladero, está llena de basura y los camioneros la van cegando cuando la remueven para llevarse el hormigón.

La verdad es que yo empezaba a desesperar. Pero fue mi hijo Pepe quien me dio la idea.

—¡Eso es! —dijo—. Debemos construir un contrafuerte para contener el derrumbe. Pondremos unos cuartones, luego unos puntales para sostenerlos y así el paredón quedará en pie.

El trabajo duró varias semanas. La madera la arrancamos de las antiguas cabinas de baño que estaban ocultas bajo las piedras. Pero cuando tuvimos la madera nos dimos cuenta de que nos faltaría fierro para apuntalar esa madera. En la ciudad nos quisieron sacar un ojo de la cara por cada pedazo de riel. Allí estaba el mar, sin embargo. Uno nunca sabe todo lo que contiene el mar. Así como el mar nos daba la sal, el pescado, las conchas, las piedras pulidas, el yodo que quemaba nuestra piel, también nos dio fierros el mar.

Ya nosotros habíamos notado, desde que llegamos a la playa, esos fierros negros que la mar baja mostraba, a cincuenta metros de la orilla. Nos decíamos: «Algún barco encalló aquí hace mucho tiempo». Pero no era así: fueron tres remolcadores que fondearon, los que construyeron los baños, para formar un espigón. Veinte años de oleaje habían volteado, hundido, removido, cambiado de lugar esas embarcaciones. Toda la madera fue podrida y desclavada (aún ahora varan algunas astillas), pero el fierro quedó allí, escondido bajo el agua, como un arrecife.

—Sacaremos ese fierro —le dije a Pepe.

Muy de mañana nos metíamos desnudos al mar y nadábamos cerca de las barcazas. Era peligroso porque las olas venían de siete en siete y se formaban remolinos y se espumaban al chocar contra los fierros. Pero fuimos tercos y nos desollamos las manos durante semanas tirando a pulso o remolcando con sogas, desde la playa, unas cuantas vigas oxidadas. Después las raspamos, las pintamos; después construimos, con la madera, una pared contra el talud; después apuntalamos la pared con las vigas de fierro. De esta manera el contrafuerte quedó listo y nuestra casa protegida contra los derrumbes. Cuando vimos toda la mole apoyada en nuestra barrera, dijimos:

—¡Que san Pedro nos proteja! Ni un terremoto podrá contra nosotros.

Mientras tanto, nuestra casa se había ido llenando de animales. Al comienzo fueron los perros, esos perros vagabundos y pobres que la ciudad rechaza cada vez más lejos, como a la gente que no paga alquiler. No sé por qué vinieron hasta aquí: quizá porque olfatearon el olor a cocina o simplemente porque los perros, como muchas personas, necesitan de un amo para poder vivir.

El primero llegó caminando por la playa, desde la caleta de pescadores. Mi hijo Toribio, que es huraño y de poco hablar, le dio de comer y el perro se convirtió en su lamemanos. Más tarde descendió por la quebrada un perro lobo que se volvió bravo y que nosotros amarrábamos a una estaca cada vez que gente extraña bajaba a la playa. Luego llegaron juntos dos perritos escuálidos, sin raza, sin oficio, que parecían dispuestos a cualquier nobleza por el más miserable pedazo de hueso. También se instalaron tres gatos atigrados que corrían por los barrancos comiendo ratas y culebrillas.

A todos estos animales, al principio, los rechazamos a pedradas y palazos. Bastante trabajo nos daba ya mantener sano nuestro pellejo. Pero los animales siempre regresaban, a pesar de todos los peligros, había que ver las gracias que hacían con sus tristes hocicos. Por más duro que uno sea, siempre se ablanda ante la humildad. Fue así como terminamos por aceptarlos.

Pero alguien más llegó en esos días: el hombre que llevaba su tienda en un costal.

Llegó en un atardecer, sin hacer ruido, como si ningún desfiladero tuviera secretos para él. Al principio creíamos que era sordo o que se trataba de un imbécil porque no habló ni respondió ni hizo otra cosa que vagar por la playa, recogiendo erizos o reventando malaguas. Solo al cabo de una semana abrió la boca. Nosotros freíamos el pescado en la terraza y había un buen olor a cocina mañanera. El extraño asomó desde la playa y quedó mirando mis zapatos.

—Se los compongo —dijo.

Sin saber por qué se los entregué y en unos pocos minutos, con un arte que nos dejó con la boca abierta, cambió sus dos suelas agujereadas.

Por toda respuesta, le alcancé la sartén. El hombre cogió una troncha con la mano, luego otra, luego una tercera y así se tragó todo el pescado con tal violencia que una espina se le atravesó en el pescuezo y tuvimos que darle miga de pan y palmadas en el cogote para desatorarlo.

Desde esa vez, sin que yo ni mis hijos le dijéramos nada, comenzó a trabajar para nuestra finca. Primero compuso las cerraduras de las puertas, después afiló los anzuelos, después construyó, con unas hojas de palmera, un viaducto que traía hasta mi casa el agua de las filtraciones. Su costal parecía no tener fondo porque de él sacaba las herramientas más raras y las que no tenía las fabricaba con las porquerías del muladar. Todo lo que estuvo malogrado lo compuso y de todo objeto roto inventó un objeto nuevo. Nuestra morada se fue enriqueciendo, se fue llenando de pequeñas y grandes cosas, de cosas que servían o de cosas que eran bonitas, gracias a este hombre que tenía la manía de cambiarlo todo. Y por este trabajo nunca pidió nada: se contentaba con una troncha de pescado y con que lo dejáramos en paz.

Cuando llegó el verano, solo sabíamos una cosa: que se llamaba Samuel.

En los días del verano, el desfiladero cobraba cierta animación. La gente pobre que no podía frecuentar las grandes playas de arena bajaba por allí para tomar baños de mar. Yo la veía cruzar el terraplén, repartirse por la orilla pedregosa y revolcarse cerca de los erizos, entre las plumas de pelícano, como en el mejor de los vergeles. Eran en su mayoría hijos de obreros, muchachos de colegio fiscal en vacaciones o artesanos de los suburbios. Todos se soleaban hasta la puesta del sol. Al retirarse, pasaban delante de mi casa y me decían:

—Su playa está un poco sucia. Debería hacerla limpiar.

A mí no me gustan los reproches, pero en cambio me gustó que me dijeran su playa. Por eso me empeñé en poner un poco de limpieza. Con Toribio, pasé algunas mañanas recogiendo todos los papeles, las cáscaras y las patillos, que, enfermos, venían a enterrar el pico entre las piedras.

—Muy bien —decían los bañistas—. Así las cosas van mejor.

Después de limpiar la playa, levanté un cobertizo para que los bañistas pudieran tener un poco de sombra. Después Samuel construyó una poza de agua filtrada y cuatro gradas de piedra en la parte más empinada del desfiladero. Los bañistas fueron aumentando. Se pasaban la voz. Se decían: «Es una playa limpia en donde nos dan hasta la sombra gratis». A mediados del verano eran más de un centenar. Fue entonces cuando se me ocurrió cobrarles un derecho de paso. En realidad, esto no lo había planeado: se me vino así, de repente, sin que lo pensara.

—Es justo —les decía—. Les he hecho una escalera, he puesto un cobertizo, les doy agua de beber y además tienen que atravesar mi casa para llegar a la playa.

—Pagaríamos si hubiera un lugar donde desvestirse —respondieron.

Allí estaban las antiguas cabinas de baño. Quitamos el hormigón que las cubría y dejamos libres una docena de casetas.

—Está todo listo —dije—. Cobro solamente diez centavos por la entrada a la playa.

Los bañistas se rieron.

—Falta una cosa. Debe quitar esos fierros que hay en el mar. ¿No se da cuenta de que aquí no se puede nadar? Uno tiene que contentarse con bañarse en la orilla. Así no vale la pena.

—Sea. Los sacaremos —respondí.

Y a pesar de que había terminado el verano y de que los bañistas iban disminuyendo, me esforcé, con mi hijo Pepe, en arrancar los fierros del mar. El trabajo ya lo conocíamos desde que sacamos las vigas para el talud. Pero ahora teníamos que sacar todos los fierros, hasta aquellos que habían echado raíces entre las algas. Usando garfios y picotas, los atacamos desde todo sitio, como si fueran tiburones. Llevábamos una vida submarina y extraña para los forasteros que, durante el otoño, bajaban a veces por allí para ver de más cerca la caída del crepúsculo.

—¡Qué hacen esos hombres! —se decían—. Pasan horas sumergiéndose para traer a la orilla un poco de chatarra.

En la lucha contra los fierros, Pepe parecía haber empeñado su palabra de hombre. Toribio, en cambio, como los forasteros, lo veía trabajar sin ninguna pasión. El mar no le interesaba. Solo tenía ojos para la gente que venía de la ciudad. Siempre me preocupó la manera como los miraba, como los seguía y como regresaba tarde, con los bolsillos llenos de chapas de botellas, de bombillas quemadas y de otros adefesios en los cuales creía reconocer la pista de una vida superior.

Cuando llegó el invierno, Pepe seguía luchando contra los fierros del mar. Eran días de blanca bruma que llegaba de madrugada, trepaba por el barranco y ocupaba la ciudad. De noche, los faroles de la Costanera formaban halos y desde la playa se veía una mancha lechosa que iba desde La Punta hasta el Morro Solar. Samuel respiraba mal en esa época y decía que la humedad lo estaba matando.

—En cambio a mí me gusta la neblina —le decía yo—. De noche hay buen temperamento y se goza tirando del cordel.

Pero Samuel tosía y una tarde anunció que se trasladaría a la parte alta del barranco, a esa explanada que los camioneros, a fuerza de llevarse el hormigón, habían cavado en pleno promontorio. A ese lugar comenzó a trasladar las piedras de su nueva habitación. Las escogía en la playa, amorosamente, por su forma y su color, las colocaba en su costal y se iba cuesta arriba, canturreando, parándose cada diez pasos para resollar. Yo y mis hijos contemplábamos, asombrados, ese trabajo. Nos decíamos: Samuel es capaz de limpiar de piedras toda la orilla del mar.

La primera migración de aves guaneras pasó graznando por el horizonte: Samuel levantaba ya las paredes de su casa. Pepe, por su parte, había casi terminado su trabajo. Tan solo a ochenta metros de la orilla quedaba el armazón de una barcaza imposible de remover.

—Con esa no te metas —le decía—. Una grúa sería necesario para sacarla.

Sin embargo, Pepe, después de la pesca y del negocio, nadaba hasta allí, hacía equilibrio sobre los fierros y buceaba buscando un punto donde golpear. Al anochecer, regresaba cansado y decía:

—Cuando no quede un solo fierro, vendrán cientos de bañistas. Entonces sí que lloverá plata sobre nosotros.

Es raro: yo no había notado nada, ni siquiera había tenido malos sueños. Tan tranquilo estaba que, al volver de la ciudad, me quedé en la parte alta del desfiladero, conversando con Samuel, que ponía el techo de su casa.

—¡Ya vendrán! —me dijo Samuel, señalando unas piedras que había tiradas por el suelo—. Hoy día he visto gente rondando por aquí. Han dejado esas piedras como señal. Mi casa es la primera, pero pronto me imitarán.

—Mejor —le respondí—. Así no tendré que ir hasta la ciudad a vender el pescado.

Al oscurecer, bajé a mi casa. Toribio daba vueltas por el terraplén y miraba hacia el mar. El sol se había puesto hacía rato y solo quedaba una línea naranja, allá muy lejos, una línea que pasaba detrás de la isla San Lorenzo e iba hacia los mares del norte. Quizá esa era la advertencia, la que yo en vano había esperado.

—No veo a Pepe —me dijo Toribio—. Hace rato que entró, pero no lo veo. Fue nadando con la sierra y la picota.

En ese momento sentí miedo. Fue una cosa violenta que me apretó la garganta, pero me dominé.

—Quizá esté buceando —dije.

—No podría aguantar tanto rato bajo el agua —respondió Toribio.

Volví a sentir miedo. En vano miraba hacia el mar, buscando el esqueleto de la barcaza. Tampoco vi la línea naranja. Grandes tumbos venían y se enroscaban y chocaban contra la base del terraplén.

Para darme tiempo, dije:

—A lo mejor se ha ido nadando hacia la caleta.

—No —respondió Toribio—. Lo vi ir hacia la barcaza. Varias veces sacó la cabeza para respirar. Después se puso el sol y ya no vi nada.

En ese momento me comencé a desvestir, cada vez más rápido, más rápido, arrancando los botones de mi camisa, los pasadores de mis zapatos.

—¡Anda a buscar a Samuel! —grité, mientras me zambullía en el agua.

Cuando comencé a nadar, ya todo estaba negro: negro el mar, negro el cielo, negra la tierra. Yo iba a ciegas, estrellándome contra las olas, sin saber lo que quería. Apenas podía respirar. Corrientes de agua fría me golpeaban las piernas y yo creía que eran los toyos buscando la carnaza. Me di cuenta de que no podía seguir porque no podía ver nada y porque en cualquier momento me tropezaría contra los fierros. Me di la vuelta, entonces, casi con vergüenza. Mientras regresaba, las luces de la Costanera se encendieron, todo un collar de luces que parecía envolverme y supe en ese momento lo que tenía que hacer. Al llegar a la orilla ya estaba Samuel esperándome.

—¡A la caleta! —le grité—. ¡Vamos a la caleta!

Ambos empezamos a correr por la playa oscura. Sentí que mis pies se cortaban contra las piedras. Samuel se paró para darme sus zapatos, pero yo no quería saber nada y lo insulté. Yo solo miraba hacia adelante, buscando las luces de los pescadores. Al fin me caí de cansancio y me quedé tirado en la orilla. No podía levantarme. Comencé a llorar de rabia. Samuel me arrastró hasta el mar y me hundió varias veces en el agua fría.

—¡Falta poco, Papá Leandro! —decía—. Mira, allí se ven las luces.

No sé cómo llegamos. Algunos pescadores se habían hecho ya a la mar. Otros estaban listos para zarpar.

—¡De rodillas se lo pido! —grité—. ¡Nunca les he pedido un favor, pero esta vez se lo pido! Pepe, el mayor, hace una hora que no sale del mar. ¡Tenemos que ir a buscarlo!

Tal vez hay una manera de hablarles a los hombres, una manera de llegar hasta su corazón. Me di cuenta, esta vez, de que todos estaban conmigo. Me rodearon para preguntarme, me dieron pisco de beber. Luego dejaron en la playa sus redes y sus cordeles. Los que acababan de entrar regresaron cuando escucharon los gritos. En once barcas entramos. Íbamos en fila hacia Magdalena, con las antorchas encendidas, alumbrando la mar.

Cuando llegamos a la barcaza, la rodeamos formando un círculo. Mientras unos sostenían las antorchas, otros se lanzaron al agua. Estuvimos buceando hasta medianoche. La luz no llegaba al fondo del mar. Chocábamos bajo el agua, nos rasguñamos contra los fierros, pero no encontramos nada, ni la picota ni su gorra de marinero. Ya no sentía cansancio, quería seguir buscando hasta la madrugada. Pero ellos tenían razón.

—La resaca lo debe haber jalado —decían—. Hay que buscarlo más allá de los bancos.

Primero entramos, luego salimos. Samuel tenía una pértiga que hundía en el mar cada vez que creía ver algo. Seguimos dando vueltas en fila. Me sentía mareado y como idiota, tal vez por el pisco que bebí. Cuando miraba hacia los barrancos, veía allá arriba, tras la baranda del malecón, faros de automóviles y cabezas de gente que miraban. Entonces me decía: «¡Malditos los curiosos! Creen que celebramos una fiesta, que encendemos antorchas para divertirnos». Claro, ellos no sabían que yo estaba hecho pedazos y que hubiera sido capaz de tragarme toda el agua del mar para encontrar el cadáver de mi hijo.

—¡Antes que lo muerdan los toyos! —me repetía, muy despacito—. ¡Antes que lo muerdan!

Para qué llorar, si las lágrimas ni matan ni alimentan. Como dije delante de los pescadores:

—El mar da, el mar también quita.

Yo no quise verlo. Alguien lo descubrió, flotando vientre arriba, sobre el mar soleado. Ya era el día siguiente y nosotros vagábamos por la orilla. Yo había dormido un rato sobre las piedras hasta que el sol del mediodía me despertó. Después fuimos caminando hacia La Perla y, cuando regresábamos, una voz gritó: «¡Allá está!». Algo se veía, algo que las olas empujaban hacia la orilla.

—Ese es —dijo Toribio—. Allí está su pantalón.

Entraron varios hombres al mar. Yo los vi que iban cortando las olas bravas y los vi casi sin pena. En verdad estaba agotado y no podía siquiera conmoverme. Lo fueron jalando entre varios, lo traían así, hinchado, hacia mí. Después me dijeron que estaba azul y que lo habían mordido los toyos. Pero yo no lo vi. Cuando estaba cerca, me fui sin voltear la cabeza. Solo dije, antes de partir:

—Que lo entierren en la playa, al pie de las campanillas. (Él siempre quiso estas flores del barranco, que son, como el geranio, como el mastuerzo, las flores pobres, las que nadie quiere ni para su entierro).

Pero no me hicieron caso. Se le enterró al día siguiente, en el cementerio de Surquillo.

Perder un hijo que trabaja es como perder una pierna o como perder un ala para un pájaro. Yo quedé como lisiado durante varios días. Pero la vida me reclamaba, porque había muchísimo que hacer. Era época de mala pesca y el mar se había vuelto avaro. Solo los que tenían barca salían al mar y regresaban ojerosos de mañana, cuatro bonitos en su red, apenas para hacer un caldo.

Yo había roto a pedradas la estatua de san Pedro, pero Samuel la compuso y la colocó a la entrada de mi casa. Debajo de la estatua puso una alcancía. Así, la gente que usaba mi quebrada, veía la estatua y, como eran pescadores, dejaban allí cinco centavos, diez centavos. De eso vivimos hasta que llegó el verano.

Digo verano porque a las cosas hay que ponerles un nombre. En esta tierra todos los meses son iguales: quizá en una época hay más neblina y en otra calienta más el sol. Pero, en el fondo, todo es lo mismo. Dicen que vivimos en una eterna primavera. Para mí, las estaciones no están en el sol ni en la lluvia, sino en las aves que pasan o en los peces que se van o que vuelven. Hay épocas en las cuales es más difícil vivir, eso es todo.

Este verano fue difícil porque fue triste, sin calor, y los bañistas apenas venían. Yo había puesto un letrero a la entrada que decía: CABALLEROS 20 CENTAVOS. DAMAS 10 CENTAVOS. Pagaron, es verdad, pero eran muy pocos. Se zambullían un momento, tiritaban y después se iban cuesta arriba, maldiciendo, como si yo tuviera la culpa de que el sol no calentara.

—¡Ya no hay fierros! —les gritaba.

—Sí —me respondían—. Pero el agua está fría.

Sin embargo, en este verano pasó algo importante: en la parte alta del barranco comenzaron a levantar casas.

Samuel no se había equivocado. Los que dejaron piedras y muchos más vinieron. Llegaban solos o en grupos, miraban la explanada, bajaban por el desfiladero, husmeaban por mi casa, respiraban el aire del mar, volvían a subir, siempre mirando arriba y abajo, señalando, cavilando, hasta que, de pronto, se ponían desesperadamente a construir una casa con lo que tenían al alcance de la mano. Sus casas eran de cartón, de latas chancadas, de piedras, de cañas, de costales, de esteras, de todo aquello que podía encerrar un espacio y separarlo del mundo. Yo no sé de qué vivía esa gente, porque de pesca no entendía nada. Los hombres se iban temprano a la ciudad o se quedaban tirados en las puertas de sus cabañas, viendo volar los gallinazos. Las mujeres, en cambio, bajaban a la orilla, en la tarde, para lavar la ropa.

—Usted ha tenido suerte —me decían—. Usted sí que ha sabido escoger un lugar para su casa.

—Hace tres años que vivo aquí —les respondía—. He perdido un hijo en el mar. Tengo otro que no trabaja. Necesito una mujer que me caliente por las noches.

Todas eran casadas o amancebadas. Al comienzo no me hacían caso. Después se reían conmigo. Yo puse un puesto de bebidas y de butifarras, para ayudarme.

Y así pasó un año más.

Agosto es el mes de los vientos y los palomillas corren por los potreros volando las cometas. Algunos se trepan a las huacas para que sus cometas vuelen más alto. Yo siempre he mirado este juego con un poco de pena porque en cualquier momento el hilo puede romperse y la cometa, la linda cometa de colores y de larga cola, se enreda en los alambres de la luz o se pierde en las azoteas. Toribio era así: yo lo tenía sujeto apenas por un hilo y sentía que se alejaba de mí, que se perdía.

Cada vez hablábamos menos. Yo me decía: «No es mi culpa que viva en un barranco. Aquí por lo menos hay un techo, una cocina. Hay gente que ni siquiera tiene un árbol donde recostarse». Pero él no comprendía eso: solo tenía los ojos para la ciudad. Jamás quiso pescar. Varias veces me dijo: «No quiero morir ahogado». Por eso prefería irse con Samuel a la ciudad. Lo acompañaba por los balnearios, ayudándolo a poner vidrios, a componer caños. Con los reales que ganaba se iba al cine o se compraba revistas de aventuras. Samuel le enseñó a leer.

Yo no quería verlo vagar y le dije:

—Si tanto te gusta la ciudad, aprende un oficio y vete a trabajar. Ya tienes dieciocho años. No quiero mantener zánganos.

Esto era mentira: yo lo hubiera mantenido toda mi vida, no solo porque era mi hijo sino porque tenía miedo de quedarme solo. Por la tarde no tenía con quién conversar y mis ojos, cuando había luna, iban hacia los tumbos y buscaban la barcaza, como si una voz me llamara desde adentro.

Una vez Toribio me dijo:

—Si me hubieras mandado al colegio, ahora sabría qué hacer y podría ganarme la vida.

Esa vez le pegué porque sus palabras me hirieron. Estuvo varios días ausente. Después vino, sin decirme nada, y pasó algún tiempo comiendo mi pan y durmiendo bajo el cobertizo. Desde entonces, siempre se iba a la ciudad, pero también siempre volvía. Yo no quise preguntarle nada. Algo debía pasar, cuando regresaba. Samuel me lo hizo notar: venía por Delia, la hija del sastre.

A la Delia varias veces la había invitado a sentarse en el terraplén, para tomar una limonada. Yo la había distinguido entre las mujeres que bajaban porque era redonda, zumbona y alegre como una abeja. Pero ella no me miraba a mí, miraba a Toribio. Es verdad que yo podía pasar por su padre, que estaba reseco como metido en salmuera y que me había arrugado todo de tanto parpadear en la resolana.

Se veían a escondidas en los tantos recovecos del lugar, detrás de las enredaderas, en las grutas de agua filtrada, porque lo que tenía que suceder sucedió. Un día Toribio se fue, como de costumbre, pero la Delia se fue con él. El sastre bajó rabioso, me amenazó con la Policía, pero terminó por echarse a llorar. Era un pobre viejo, sin vista ya, que hacía remiendos para la gente de la barriada.

—A mi hijo lo he crecido sano —le dije, para consolarlo—. Ahora no sabe nada, pero la vida le enseñará a trabajar. Además, se casarán, si se entienden, como lo manda Dios.

El sastre quedó tranquilo. Me di cuenta de que la Delia era un peso para él y que toda su gritería había sido puro detalle. Desde ese día me mandaba con las lavanderas una latita para que le diera un poco de sopa.

Verdad que es triste quedarse solo, así, mirando a sus animales. Dicen que hablaba con ellos y con mi casa y que hasta con el mar hablaba. Pero quizá sea mentira de la gente o envidia. Lo único cierto es que cuando venía de la ciudad y bajaba hacia la playa, gritaba fuerte, porque me gustaba escuchar mi voz por el desfiladero.

Yo mismo me hacía todo: pescaba, cocinaba, lavaba mi ropa, vendía el pescado, barría el terraplén. Tal vez fue por eso que la soledad me fue enseñando muchas cosas, como, por ejemplo, a conocer mis manos, cada una de sus arrugas, de sus cicatrices, o a mirar las formas del crepúsculo. Esos crepúsculos del verano, sobre todo, eran para mí una fiesta. A fuerza de mirarlos, pude adivinar su suerte. Pude saber qué color seguiría a otro o en qué punto del cielo terminaría por ennegrecerse una nube.

A pesar de mi mucho trabajo, me sobraba el tiempo, el tiempo de la conversación. Fue entonces cuando me dije que era necesario construir una barca. Por eso hice bajar a Samuel, para que me ayudara. Juntos íbamos hasta la caleta y mirábamos los barcos de los otros. Él hacía dibujos. Después me dijo qué madera necesitábamos. Hablamos mucho en aquella época. Él me preguntaba por Toribio y me decía: «Buen chico, pero ha hecho mal en meterse con una mujer. Las mujeres, ¿para qué sirven? Ellas nos hacen maldecir y nos meten el odio en los ojos».

La barca iba avanzando: construimos la quilla. Era gustoso estarse en la orilla, fumando, contando historias y haciendo lo que me haría señor del mar. Cuando las mujeres bajaban a lavar la ropa —¡cada vez eran más!—, me decían:

—Don Leandro, buen trabajo hace usted. Nosotras necesitamos que se haga a la mar y nos traiga algo barato de qué comer.

Samuel decía:

—¡Ya la explanada está llena! No entra una persona más y siguen llegando. Pronto harán sus casas en el mismo desfiladero y llegarán hasta donde revientan las olas.

Esto era verdad: como un torrente descendía la barriada.

Si la barca quedó a medio hacer, fue porque en ese verano pasaron algunas cosas extrañas.

Fue un buen verano, es cierto, lleno de gente que bajó, se puso roja, se despellejó con el sol y luego se puso negra. Todos pagaron su entrada y yo vi por primera vez que la plata llovía, como dijera mi hijo Pepe, el finado. Yo la guardaba en dos canastas, bajo mi cama, y cerraba la puerta con doble candado.

Digo que en ese verano pasaron algunas cosas extrañas. Una mañana, cuando Samuel y yo trabajábamos en la barca, vimos tres hombres, con sombrero, que bajaban por el barranco con los brazos abiertos, haciendo equilibrio para no caerse. Estaban afeitados y usaban zapatos tan brillantes que el polvo resbalaba y les huía. Eran gentes de la ciudad.

Cuando Samuel los vio, noté que su mirada se acobardaba. Bajando la cabeza, quedó observando fijamente un pedazo de madera, no sé para qué, porque allí no había nada que mirar. Los hombres cruzaron por mi casa y bajaron a la playa. Dos de ellos estaban cogidos del brazo y el otro les hablaba señalando los barrancos. Así estuvieron paseándose varios minutos, de un extremo a otro, como si estuvieran en el pasillo de una oficina. Al fin uno de ellos se acercó a mí y me hizo varias preguntas. Luego se fueron por donde habían venido, en fila, ayudándose unos a otros a salvar los parajes difíciles.

—Esa gente no me gusta —dije—. Tal vez vienen a cobrarme algún impuesto.

—A mí tampoco —dijo Samuel—. Usan tongo. Mala señal.

Desde ese día Samuel quedó muy intranquilo. Cada vez que alguien bajaba por el desfiladero, miraba hacia arriba y, si era algún extraño, sus manos temblaban y comenzaba a sudar.

—Me va a dar la terciana —decía, secándose el sudor.

Falso: era de miedo que temblaba. Y con razón, porque algún tiempo después se lo llevaron.

Yo no lo vi. Dicen que fueron tres policías y un patrullero que aguardaba arriba, en la Pera del Amor. Me contaron que bajó corriendo hacia mi casa y que a mitad del desfiladero, él, que nunca daba un paso en falso, resbaló sobre el canto rodado. Los cachacos le cayeron encima y se lo llevaron, torciéndole el brazo y dándole varillazos.

Esto fue un gran escándalo porque nadie sabía qué había pasado. Unos decían que Samuel era un ladrón. Otros, que hacía muchos años había puesto una bomba en casa de un personaje. Como nosotros no comprábamos periódicos, no supimos nada hasta varios días después, cuando, de casualidad, cayó uno en nuestras manos: Samuel, hacía cinco años, había matado a una mujer con un formón de carpintero. Ocho huecos le hizo a esa mujer que lo engañó. No sé si sería verdad o si sería mentira, pero lo cierto es que si no se hubiera resbalado, si hubiera llegado corriendo hasta mi casa, a mordiscos hubiera abierto una cueva en el acantilado para esconderlo o lo habría escondido bajo las piedras. Samuel era bueno conmigo. No me importa qué hizo con los demás.

El perro alemán, que siempre había vivido a su lado, bajó a mi casa y anduvo aullando por la playa. Yo acariciaba su lomo espeso y comprendía su pena y le añadía la mía. Porque todo se iba de mí, todo, hasta la barca que vendí, porque no sabía cómo terminarla. Viejo loco era yo, viejo loco y cansado, pero, para qué, me gustaba mi casa y mi pedazo de mar. Miraba la barrera, miraba el cobertizo de estera, miraba todo lo que habían hecho mis manos o las manos de mi gente y me decía: «Esto es mío. Aquí he sufrido. Aquí debo morir».

Solo me faltaba Toribio. Pensaba que algún día habría de venir, no importa cuándo, porque los hijos siempre terminan por venir, aunque sea para ver si ya estamos lo bastante viejos y si nos falta poco para morirnos. Toribio vino justamente cuando yo había empezado a construir un cuarto grande para él, un lindo cuarto con ventana hacia el mar.

Estaba huesudo y pálido, con esa cara madura que tienen los muchachos que comen mal y no saben qué hacer con su vida.

—Dame quinientos soles —me dijo—. He perdido un hijo y no quiero que me pase lo mismo con el que ha de venir.

Luego se fue. Yo no quise retenerlo, pero seguí construyendo su cuarto. Lo fui pintando con mis propias manos. Cuando me cansaba, subía a la barriada y conversaba con la gente. Trataba de hacer amigos, pero todos me recelaban. Es difícil hacer amigos cuando se es viejo y se vive solo. La gente dice: «Algo malo tendrá ese hombre. Por algo está solo». Los pobres chicos, que no saben nada del mundo, me seguían a veces para tirarme piedras. Es verdad: un hombre solo es como un cadáver, como un fantasma que camina entre los vivos.

Esos señores del sombrero y de los zapatos de charol vinieron varias veces más y se pasearon por la playa. Yo no los quería porque los hacía responsables de la suerte de Samuel. Un día les dije:

—El que me ayudaba a hacer la barca era un buen cristiano. Hicieron mal ustedes en delatarlo. Razones tendría para matar a su mujer.

Ellos se echaron a reír.

—Se confunde usted. Nosotros no somos policías. Nosotros somos de la municipalidad.

Debían serlo porque poco después llegó la notificación. De la barriada bajó una comisión para mostrármela. Estaban muy alborotados. Ahora sí me trataban bien y me llamaban «Papá Leandro». Claro, yo era el más viejo del lugar y el más ducho y sabían que los sacaría del apuro. En el papel decía que todos los habitantes del desfiladero debían salir de allí en el plazo de tres meses.

—¡Arréglenselas ustedes! —dije—. Lo que es a mí, nadie me saca de aquí. Yo tengo siete años en el lugar.

Tanto me rogaron que terminé por hacerles caso.

—Buscaremos un abogado —dije—. Esta tierra no es de nadie. No pueden sacarnos.

Cuando el abogado vino, nos reunimos en mi casa. Era un señor bajito, que usaba lentes, sombrero y un maletín gastado, lleno de papeles.

—La municipalidad quiere construir un nuevo establecimiento de baños —dijo—. Necesitan, por eso, que despejen todo el barranco, para hacer una nueva bajada. Pero esta tierra es del Estado. Nadie los sacará de aquí.

En seguida nos hizo dar cincuenta soles por cada jefe de familia y se fue con unos papeles que firmamos. Todos me felicitaban. Me decían:

—¡No sabemos qué haríamos sin usted!

En verdad, el abogado nos dio coraje y nosotros estábamos felices.

—Nadie —decíamos—. Nadie nos sacará de aquí. Esta tierra es del Estado.

Así pasaron varias semanas. Los hombres de la municipalidad no regresaron. Yo había acabado con el cuarto de Toribio y le había puesto vidrios en la ventana. El abogado siempre venía para arengarnos y hacernos firmar papeles. Yo me pavoneaba entre la gente de la barriada y les decía:

—¿Ven? ¡No hay que despreciar nunca a los viejos! Si no fuera por mí, ya estarían ustedes clavando sus esteras en el desierto.

Sin embargo, en la primera mañana del invierno, un grupo bajó corriendo por la quebrada y entró gritando en mi casa.

—¡Ya están allí! ¡Ya están allí! —decían, señalando hacia arriba.

—¿Quiénes? —pregunté.

—¡La cuadrilla! ¡Han comenzado a abrirse camino!

Yo subí en el acto y llegué cuando los obreros habían echado abajo la primera vivienda. Traían muchas máquinas. Se veían policías junto a un hombre alto y junto a otro más bajo, que escribía en un grueso cuaderno. A este último lo reconocí: hasta nuestras cabañas también llegaban los escribanos.

—Son órdenes —decían los obreros, mientras destruían las paredes con sus herramientas—. Nosotros no podemos hacer nada.

Es verdad, se les veía trabajar con pena, entre una nube de polvo.

—¿Órdenes de quién? —pregunté.

—Del juez —respondieron, señalando al hombre alto.

Yo me acerqué a él. Los policías quisieron contenerme, pero el juez les indicó que me dejaran pasar.

—Aquí hay una equivocación —dije—. Nosotros vivimos en tierras del Estado. Nuestro abogado dice que de aquí nadie puede sacarnos.

—Justamente —dijo el juez—. Los sacamos porque viven en tierras del Estado.

La gente comenzó a gritar. Los policías formaron un cordón alrededor del juez mientras el escribano, como si nada pasara, miraba con calma el cielo, el paisaje, y seguía escribiendo en su cuaderno.

—Ustedes deben tener parientes —decía el juez—. Los que se queden hoy sin casa, métanse donde sus parientes. Esto después se arreglará. Lo siento mucho, créanme. Yo haré algo por ustedes.

—¡Por lo menos déjenos llamar a nuestro abogado! —dije yo—. Que no hagan nada los obreros hasta que no llegue nuestro abogado.

—Pueden llamarlo —contestó el juez—, pero los trabajos deben continuar.

—¿Quién viene conmigo a la ciudad? —pregunté.

Varios quisieron venir, pero yo elegí a los que tenían camisa. Fuimos en un taxi hasta el centro de la ciudad y subimos las escaleras en comisión. El abogado estaba allí. Primero no nos reconoció, pero después se puso a gritar.

—¡Los juicios se ganan o se pierden! Yo no tengo ya nada que ver. Esto no es una tienda donde se devuelve la plata si el producto está malo. Esta es la oficina de un abogado.

Discutimos largo rato, pero al final tuvimos que regresar. En el camino no hablábamos, no sabíamos qué decir. Cuando llegamos al barranco, ya el juez se había ido, pero seguían allí los policías. La gente de la barriada nos recibió furiosa. Algunos decían que yo tenía la culpa de todo, que tenía mis entendimientos con el abogado. Yo no les hice caso. Había visto que la casa de Samuel, la primera que hubo en el lugar, había caído abajo y que sus piedras estaban tiradas por el suelo. Reconocí una piedra blanca, una que estuvo mucho tiempo en la orilla, cerca de mi casa. Cuando la recogí, noté que estaba rajada. Era extraño; esa piedra que durante años el mar había pulido, había redondeado, estaba ahora rajada. Sus pedazos se separaron entre mis manos y me fui bajando hacia mi casa, mirando un pedazo y luego el otro, mientras la gente me insultaba y yo sentía unas ganas terribles de llorar.

—¡Allá ellos! —me dije en los días siguientes—. ¡Que los aplasten, que los revienten! Lo que es a mi casa no llegarán fácilmente las máquinas. ¡Hay mucho barranco que rebanar!

Era verdad: la cuadrilla trabajaba sin prisa. Cuando no había vigilancia, dejaba sus herramientas y se ponían a fumar, a conversar.

—Es una pena —decían—, pero son órdenes.

A pesar de los insultos, a mí también me daba pena. Fue por eso que no subí, para no ver la destrucción. Para ir a la ciudad, usaba el desfiladero de La Pampilla. Allí me encontraba con los pescadores y les decía:

—Están echando la barriada contra el mar.

Ellos se contentaban con responder:

—Es un abuso.

Nosotros lo sabíamos, claro, pero ¿qué podíamos hacer? Estábamos divididos, peleados, no teníamos un plan, cada cual quería hacer lo suyo. Unos querían irse, otros protestar. Algunos, los más miserables, los que no tenían trabajo, se enrolaron en la cuadrilla y destruyeron sus propias viviendas.

Pero la mayoría fue bajando por el barranco. Levantaba su casa a veinte metros de los tractores para, al día siguiente, recoger lo que quedaba de ella y volverla a levantar diez metros más allá. De esta manera la barriada se venía sobre mí, caía todos los días un trecho más abajo, de modo que me parecía que tendría pronto que llevarla sobre mis hombros. A las cuatro semanas que empezaron los trabajos, la barriada estaba a las puertas de mi casa, deshecha, derrotada, llena de mujeres y de hombres polvorientos que me decían, por encima del barandal:

—¡Don Leandro, tenemos que pasar al terraplén! Nos quedaremos allí hasta que encontremos otra cosa.

—¡No hay sitio! —les respondía—. Ese cuarto grande que ven allí es para mi hijo Toribio, que vendrá con la Delia. Además, ustedes nunca me han dado la mano. ¡Reviéntense ahora! ¡Al desierto, a pudrirse!

Pero esto era injusto. Yo sabía muy bien que las cabinas de baños para mujeres, que eran de madera, y las cabinas de estera para los hombres podrían albergar a los que huían. Esta idea me daba vueltas por la cabeza. Como era invierno, las casetas estaban abandonadas, pero yo no quería decir nada, quizá para que conocieran a fondo el sufrimiento. Al fin no pude más.

—Que pasen las mujeres que están encinta (casi todas lo estaban, pues en las barriadas secas, entre tanta cosa marchita, lo único que siempre florece y está siempre a punto de madurar son los vientres de nuestras mujeres). ¡Que se metan en los nichos de madera y que aguanten allí!

Las mujeres pasaron, pero al día siguiente tuve que dejar pasar a los niños y después a los hombres porque la cuadrilla seguía avanzando, con paciencia, es verdad, pero con un ruido terrible de máquinas y de farallones que caían. Mi casa se llenó de voces y de disputas. Los que no tenían sitio se fueron a la playa. Todo parecía un campamento de gente sin esperanza, de personas que van a ser fusiladas.

Allí estuvimos una semana, no sé para qué, puesto que sabíamos que habrían de llegar. Una mañana la cuadrilla apareció detrás de la baranda, con toda su maquinaria. Cuando nos vio, quedó inmóvil, sin saber qué hacer. Nadie se decidía a dar el primer golpe de barreta.

—¿Quieren echarnos al mar? —dije—. De aquí no pasarán. Todos saben muy bien que esta es mi casa, que esta es mi playa, que este es mi mar, que yo y mis hijos lo hemos limpiado todo. Aquí vivo desde hace siete años y los que están conmigo, todos, son como mis invitados.

El capataz quiso convencerme. Después vino el ingeniero. Nosotros nos mantuvimos firmes. Éramos más de cincuenta y estábamos armados con todas las piedras del mar.

—No pasarán —decíamos, mirándonos con orgullo.

Durante todo el día las máquinas estuvieron paradas. A veces bajaba el capataz, a veces subíamos nosotros para parlamentar.

Al fin, el ingeniero dijo que llamaría al juez. Nosotros pensamos que ocurriría un milagro.

El juez vino al día siguiente, acompañado de los policías y otros señores. Apoyado en la baranda, nos habló.

—Yo voy a arreglar esto —dijo—. Créanme, lo siento mucho. No pueden echarlos al mar, es evidente. Vamos a conseguirles un lugar donde vivir.

—Miente —dije más tarde a los míos—. Nos engañarán. Terminarán por tirarnos a una zanja.

Esa noche deliberamos hasta tarde. Algunos comenzaban a flaquear.

—Tal vez nos consigan un buen terreno —decían los que tenían miedo—. Además los policías están con sus varas, con sus fusiles y nos pueden abalear.

—¡No hay que ceder! —insistía yo—. Si nos mantenemos unidos, no nos sacarán de aquí.

El juez regresó.

—¡Los que quieran irse a la pampa de Comas que levanten la mano! —dijo—. He conseguido que les cedan veinte lotes de terreno. Vendrán dos camiones para recogerlos. Es un favor que les hace la municipalidad.

En ese momento me sentí perdido. Supe que todos me iban a traicionar. Quise protestar, pero no me salía la voz. En medio del silencio vi que se levantaba una mano, luego otra, luego otra y pronto todo no fue más que un pelotón de manos en alto que parecían pedir una limosna.

—¡Adonde van no hay agua! —grité—. ¡No hay trabajo! ¡Tendrán que comer arena! ¡Tendrán que dejarse matar por el sol!

Pero nadie me hizo caso. Ya habían comenzado a enrollar sus colchones, rápidamente, afanosos, como si temieran perder esa última oportunidad. Toda la tarde estuvieron desfilando cuesta arriba, por la quebrada. Cuando el último hombre desapareció, me paré en medio del terraplén y me volví hacia la cuadrilla, que descansaba detrás de la baranda. La miré largo rato, sin saber qué decirle, porque me daba cuenta de que me tenía lástima.

—Pueden comenzar —dije al fin, pero nadie me hizo caso.

Cogiendo una barreta, añadí:

—Miren, les voy a dar el ejemplo.

Algunos se rieron. Otros se levantaron.

—Ya es tarde —dijeron—. Ha terminado la jornada. Vendremos mañana.

Y se fueron, ellos también, dejándome humillado, señor aún de mis pobres pertenencias.

Esa fue la última noche que pasé en mi casa. Me fui de madrugada para no ver lo que pasaba. Me fui cargando todo lo que pude, hacia Miraflores, seguido por mis perros, siempre por la playa, porque yo no quería separarme del mar. Andaba a la deriva, mirando un rato las olas, otro rato el barranco, cansado de la vida, en verdad, cansado de todo, mientras iba amaneciendo.

Cuando llegué al gran colector que trae las aguas negras de la ciudad, sentí que me llamaban. Al voltear la cabeza divisé a una persona que venía corriendo por la orilla. Era Toribio.

—¡Sé que los han botado! —dijo—. He leído los periódicos. Quise venir ayer, pero no pude. La Delia espera en el terraplén con nuestros bultos.

—Anda vete —respondí—. No te necesito. No me sirves para nada.

Toribio me cogió del brazo. Yo miré su mano y vi que era una mano gastada, que era ya una verdadera mano de hombre.

—Tal vez no sirva para nada, pero tú me enseñarás.

Yo continuaba mirando su mano.

—No tengo nada que enseñarte —dije—. Te espero. Ve por la Delia.

Había bastante luz cuando los tres caminábamos por la playa. Buen aire se respiraba, pero andábamos despacio porque la Delia estaba encinta. Yo buscaba, buscaba siempre, por un lado y otro, el único lugar. Todo me parecía tan seco, tan abandonado. No crecía ni la campanilla ni el mastuerzo. De pronto, Toribio que se había adelantado, dio un grito:

—¡Mira! ¡Una higuerilla!

Yo me acerqué corriendo: contra el acantilado, entre las conchas blancas, crecía una higuerilla. Estuve mirando largo rato sus hojas ásperas, su tallo tosco, sus pepas preñadas de púas que hieren la mano de quien intenta acariciarlas. Mis ojos estaban llenos de nubes.

—¡Aquí! —le dije a Toribio—. ¡Alcánzame la barreta!

Y escarbando entre las piedras, hundimos el primer cuartón de nuestra nueva vivienda.

Huamanga, 1959

Ridder y el pisapapeles

Para ver a Charles Ridder tuve que atravesar toda Bélgica en tren. Teniendo en cuenta las dimensiones del país, fue como viajar del centro de una ciudad a un suburbio más o menos lejano. Madame Ana y yo tomamos el rápido de Amberes a las once de la mañana y poco antes de mediodía, después de haber hecho una conexión, estábamos en el andén de Blanken, un pueblecito perdido en una planicie sin gracia, cerca de la frontera francesa.

—Ahora a caminar —dijo madame Ana.

Y nos echamos a caminar por el campo chato, recordando la vez que en la biblioteca de madame Ana cogí al azar un libro de Ridder y no lo abandoné hasta que terminé de leerlo.

—Y después no quiso leer otra cosa que Ridder.

Eso era verdad. Durante un mes pasé leyendo sus obras. Intemporales, transcurrían en un país sin nombre ni fronteras, que podía corresponder a una kermés flamenca, pero también a una verbena española o a una fiesta bávara de la cerveza. Por ellas discurrían hombres corpulentos, charlatanes y tragones, que tumbaban a las doncellas en los prados y se desafiaban a combates singulares, en los que predominaba la fuerza sobre la destreza. Carecían de toda elegancia esas obras, pero eran coloreadas, violentas, impúdicas, tenían la fuerza de un puño de labriego haciendo trizas un terrón de arcilla.

Al ver mi entusiasmo, madame Ana me reveló que Ridder era su padrino y es por ello que, ahora, anunciada nuestra visita, nos acercábamos a su casa de campo, cortando una pradera. No lejos distinguí un pedazo de mar plomizo y agitado que me pareció, en ese momento, una interpolación del paisaje de mi país. Cosa extraña, eran quizá las dunas, la hierba ahogada por la arena y la tenacidad con que las olas barrían esa costa seca.

Al doblar un sendero, avistamos la casa, una casa banal como la de cualquier campesino del lugar, construida al fondo de un corral que circundaba un muro de piedra. Precedidos por una embajada de perros y gallinas, llegamos a la puerta.

—Hace por lo menos diez años que no lo veo —dijo madame Ana—. Él vive completamente retirado.

Nos recibió una vieja que podía ser una gobernanta o ama de llaves.

—El señor los espera.

Ridder estaba sentado en un sillón de su sala-escritorio, con las piernas cubiertas con una frazada y, al vernos aparecer, no hizo el menor movimiento. No obstante, por las dimensiones del sillón y el formato de sus botas, pude apreciar que era extremadamente fornido y comprendí en el acto que entre él y sus obras no había ninguna fisura, que ese viejo corpachón, rojo, canoso, con un bigote amarillo por el tabaco, era el molde ya probablemente averiado de donde habían salido en serie sus colosos.

Madame Ana le explicó que era un amigo que venía de Sudamérica y que había querido conocerlo. Ridder me invitó a sentarme con un ademán frente a él mientras su ahijada le daba cuenta de la familia, de lo que había sucedido en tantos años que no se veían. Ridder la escuchaba aburrido, sin responder una sola palabra, contemplando sus dos enormes manos curtidas y pecosas. Tan solo de vez en cuando levantaba un ojo para observarme a través de sus cejas grises, mirada rápida, celeste, que solo en ese momento parecía cobrar una irresistible acuidad. Luego recaía en su distracción, en su torpor.

La gobernanta había traído una botella de vino con dos vasos y una tisana para su patrón. Nuestro brindis no encontró ningún eco en Ridder, que sin tocar su tisana jugaba ahora con su dedo pulgar. Madame Ana seguía hablando y Ridder parecía, si no complacerse, al menos habituarse a esa cháchara que amoblaba el silencio y lo ponía al abrigo de toda interrogación.

Aprovechando una pausa de madame Ana, pude al fin intercalar una frase.

—He leído todos sus libros, señor Ridder, y créame que los he apreciado mucho. Pienso que es usted un gran escritor. No creo exagerar: un gran escritor.

Lejos de agradecerme, Ridder se limitó a clavarme una vez más sus ojos celestes, esta vez con cierto estupor, y luego, con la mano, indicó vagamente la biblioteca de su sala, que ocupaba íntegramente un muro, desde el suelo hasta el cielo raso. En su gesto creí comprender una respuesta: «Cuánto se ha escrito».

—Pero dígame, señor Ridder —insistí—, ¿en qué mundo viven sus personajes? ¿De qué época son, de qué lugar?

—¿Época?, ¿lugar? —preguntó a su vez y, volviéndose a madame Ana, la interrogó sobre un perro que seguramente les era familiar.

Madame Ana le contó la historia del perro, muerto ya hacía años y Ridder pareció encontrar un placer especial en el relato, pues se animó a probar su tisana y encendió un cigarrillo.

Pero ya la gobernanta entraba con una mesita rodante anunciándonos el almuerzo, que tomaríamos allí en la sala, para que el señor no tuviera que levantarse.

El almuerzo fue penosamente aburrido. Madame Ana, agotado su repertorio de novedades, no sabía qué decir. Ridder solo abría la boca para engullir su comida, con una voracidad que me chocó. Yo reflexionaba sobre la decepción, sobre la ferocidad que pone la vida en destruir las imágenes más hermosas que nos hacemos de ella. Ridder poseía la talla de sus personajes, pero no su voz, ni su aliento. Ridder era, ahora lo notaba, una estatua hueca.

Solo cuando llegamos al postre, al beber medio vaso de vino, se animó a hablar un poco y narró una historia de caza, pero enredada, incomprensible, pues transcurría tan pronto en Castilla la Vieja como en las planicies de Flandes y el protagonista era alternativamente Felipe II y el propio Ridder. En fin, una historia completamente idiota.

Luego vino el café y el aburrimiento se espesó. Yo miraba a madame Ana de reojo, rogándole casi que nos fuéramos ya, que encontrara una excusa para salir de allí. Ridder, además, embotado por la comida, cabeceaba en un sillón, ignorándonos.

Por hacer algo, me puse de pie, encendí un cigarrillo y di unos pasos por la sala-escritorio. Fue solo en ese momento cuando lo vi: cúbico, azul, transparente con las aristas biseladas, estaba en la mesa de Ridder, detrás de un tintero de bronce. Era exacto al pisapapeles que me acompañó desde la infancia hasta mis veinte años, su réplica perfecta. Había sido de mi abuelo, que lo trajo de Europa a fines de siglo, lo legó a mi padre y yo lo heredé junto con libros y papeles. Nunca pude encontrar en Lima uno igual. Era pesado, pero al mismo tiempo diáfano, verdaderamente funcional. Una noche, en Miraflores, fui despertado por un concierto de gatos que celaban en la azotea. Saliendo al jardín, grité, los amenacé. Pero, como seguían haciendo ruido, regresé a mi cuarto, busqué qué cosa arrojarles y lo primero que vi fue el pisapapeles. Cogiéndolo, salí nuevamente al jardín y lancé el artefacto contra la buganvilla donde maullaban los gatos. Estos huyeron y pude dormir tranquilo.

Al día siguiente, lo primero que hice al levantarme fue subir al techo para recoger el pisapapeles. Inútil encontrarlo. Examiné la azotea palmo a palmo, aparté una por una las ramas de la buganvilla, pero no había rastro. Se había perdido, para siempre.

Pero, ahora, lo estaba viendo otra vez, brillaba en la penumbra de ese interior belga. Acercándome, lo cogí, lo sopesé en mis manos, observé sus aristas quiñadas, lo miré al trasluz contra la ventana, descubrí sus minúsculos globos de aire capturados en el cristal. Cuando me volví hacia Ridder para interrogarlo, noté que, interrumpiendo su siesta, me estaba observando, ansiosamente.

—Es curioso —dije mostrándole el pisapapeles—. ¿De dónde lo ha sacado usted?

Ridder acarició un momento su pulgar.

—Yo estaba en el corral, hace de eso unos diez años —empezó—. Era de noche, había luna, una maravillosa luna de verano. Las gallinas estaban alborotadas. Pensé que era un perro vecino que merodeaba por la casa. Cuando de pronto un objeto cruzó la cerca y cayó a mis pies. Lo recogí. Era el pisapapeles.

—Pero ¿cómo vino a parar aquí?

Ridder sonrió esta vez:

—Usted lo arrojó.

París, 1971

Espumante en el sótano

Aníbal se detuvo un momento ante la fachada del Ministerio de Educación y contempló, conmovido, los veintidós pisos de ese edificio de concreto y vidrio. Los ómnibus que pasaban rugiendo por la avenida Abancay le impidieron hacer la menor invocación nostálgica y, limitándose a emitir un suspiro, penetró rápidamente por la puerta principal.

A pesar de ser las nueve y media de la mañana, el gran *hall* de la entrada estaba atestado de gente que hacía cola delante de los ascensores. Aníbal cruzó el tumulto, tomó un pasadizo lateral y, en lugar de coger alguna de las escaleras que daban a las luminosas oficinas de los altos, desapareció por una especie de escotilla que comunicaba con el sótano.

—¡Ya llegó el hombre! —exclamó, entrando a una habitación cuadrangular, donde tres empleados se dedicaban a clasificar documentos. Pero ni Rojas ni Pinilla ni Calmet levantaron la cara.

—¿Sabes lo que es el occipucio? —preguntó Rojas.

—¿Occipucio? Tu madre, por si acaso —respondió Calmet.

—Gentuza —dijo Aníbal—. No saben ni saludar.

Solo en ese momento sus tres colegas se percataron de que Aníbal Hernández llevaba un terno azul cruzado, un paquete en la mano derecha y dos botellas envueltas en papel celofán, apretadas contra el corazón.

—Mira, se nos vuelve a casar el viejo —dijo Pinilla.

—Yo diría que es su santo —agregó Rojas.

—Nada de eso —protestó Aníbal—. Óiganlo bien: hoy, 1 de abril, cumplo veinticinco años en el ministerio.

—¿Veinticinco años? Ya debes ir pensando en jubilarte —dijo Calmet—. Pero la jubilación completa. La del cajón con cuatro cintas.

—Más respeto —dijo Aníbal—. Mi padre me enseñó a entrar en palacio y en choza. Tengo boca para todo, gentuza.

La puerta se abrió en ese momento y por las escaleras descendió un hombre canoso, con anteojos.

—¿Están listas las copias? El secretario del ministerio las necesita para las diez.

—Buenos días, señor Gómez —dijeron los empleados—. Allí se las hemos dejado al señor Hernández para que las empareje.

Aníbal se acercó al recién llegado, haciéndole una reverencia.

—Señor Gómez, sería para mí un honor que usted se dignase hacerse presente...

—¿Y las copias?

—Justamente, las copias, pero sucede que hoy hace exactamente veinticinco años que...

—Vea, Hernández, hágame antes esas copias y después hablaremos.

Sin decir más, se retiró. Aníbal quedó mirando la puerta mientras sus tres compañeros se echaban a reír.

—¿Es verdad, entonces? —preguntó Calmet.

—Es un trabajo urgente, viejo —intervino Pinilla.

—¿Y cuándo le he corrido yo al trabajo? —se quejó Aníbal—. Si hoy me he retrasado, es por ir a comprar las empanadas y el champán. Todo para invitar a los amigos. Y no sigas hablando, que te pongo la pata de chalina.

Empujando una puerta con el pie, penetró en la habitación contigua, minúsculo reducto donde apenas cabía una mesa en la cual dejó sus paquetes, junto a la guillotina para cortar papel. La luz penetraba por una alta ventana que daba a la avenida Abancay. Por ella se veían, durante el día, zapatos, bastas de pantalón, de vez en cuando algún perro que se detenía ante el tragaluz como para espiar el interior y terminaba por levantar una pata para mear con dignidad.

—Siempre lo he dicho —rezongó—. En palacio y en choza. Pero, eso sí, el que busca, me encuentra.

Quitándose el saco, lo colgó cuidadosamente en un gancho y se puso un mandil negro. En la mesa había ya un alto de copias fotostáticas. Acercándose a la guillotina, empezó su trabajo de verdugo. Al poco rato, Pinilla asomó.

—Dame las cincuenta primeras para llevárselas al jefe.

—Yo se las voy a llevar —dijo Aníbal—. Y oye bien lo que te voy a decir: cuando tú y los otros eran niños de teta, yo trabajaba ya en el ministerio. Pero no en este edificio, era una casa vieja del centro. En esa época...

—Ya sé, ya sé, las copias.

—No sabes. Y si lo sabes, es bueno que te lo repita. En esa época yo era jefe del Servicio de Almacenamiento.

—¿Han oído? —preguntó Pinilla volviéndose hacia sus dos colegas.

—Sí —contestó Calmet—. Era jefe del Servicio de Almacenamiento. Pero cambió el Gobierno y tuvo que cambiar de piso. De arriba para abajo. Mira, aquí hay cien papeles más para cortar, en el orden en que están

Aníbal asomó:

—Oye tú, Calmet, hijo de la gran... bretaña. Tú tienes solo dos años aquí. Estudiaste para abogado, ¿verdad? Para aboasno sería. Pues te voy a decir algo más: Gómez, nuestro jefe, entró junto conmigo. Claro, ahora ha trepado. Ahora es un señor, ¿no?

—Las copias y menos labia.

Aníbal cogió las copias emparejadas y se dirigió hacia la escalera.

—Y todavía hay otra cosa: el director de Educación Secundaria, don Paúl Escobedo, ¿lo conocen? Seguramente ni le han visto el peinado. Don Paúl Escobedo vendrá a tomar una copa conmigo. Ahora lo voy a invitar, lo mismo que a Gómez.

—¿Y por qué no al ministro? —preguntó Rojas, pero ya Aníbal se lanzaba por las escaleras para llevar las copias a su jefe.

Gómez lo recibió serio:

—Esas copias me urgen, Aníbal. No quise decírtelo delante de tus compañeros, pero tengo la impresión que hoy llegaste con bastante retraso.

—Señor Gómez, he traído unas botellitas para festejar mis veinticinco años de servicio. Espero que no me va a desairar. Allá las he dejado en el sótano. ¡Ya tenemos veinticinco años aquí!

—Es verdad —dijo Gómez.

—Irán todos los muchachos del Servicio de Fotografías, los miembros de la Asociación de Empleados y don Paúl Escobedo.

—¿Escobedo? —preguntó Gómez—. ¿El director?

—Hace diez años trabajamos juntos en la Mesa de Partes. Después él ascendió. Tú estabas en provincia en esa época.

—Está bien, iré. ¿A qué hora?

—A golpe de doce, para no interrumpir el servicio.

En lugar de bajar a su oficina, Aníbal aprovechó que un ascensor se detenía para colarse.

—Al vigésimo, García —dijo al ascensorista y acercándose a su oído, agregó—: Vente a la oficina de copias fotostáticas a mediodía. Cumplo veinticinco años de servicio. Habrá champán.

En la puerta del despacho del director Escobedo, un ujier lo detuvo:

—¿Tiene cita?

—¿No me ve con mandil? Es por un asunto de servicio.

Pero salvado este primer escollo, tropezó con una secretaria que se limitó a señalarle la sala de espera atestada.

—Hay once personas antes que usted.

Aníbal vacilaba entre irse o esperar, cuando la puerta del director se abrió y don Paúl Escobedo asomó conversando con un señor, al que acompañó hasta el pasillo.

—Por supuesto, señor diputado —dijo, retornando a su despacho.

Aníbal lo interceptó.

—Paúl, un asuntito.

—Pero bueno, Hernández, ¿qué se te ofrece?

—Fíjate, Paúl, una cosita de nada.

—Espera, ven por acá.

El director lo condujo hasta el pasillo.

—Tú sabes, mis obligaciones...

Aníbal le repitió el discurso que había lanzado ante el señor Gómez.

—¡En los líos en que me metes, caramba!

—No me dejes plantado, Paúl, acuérdate de las viejas épocas.

—Iré, pero, eso sí, solo un minuto. Tenemos una reunión de directores, luego un almuerzo.

Aníbal agradeció y salió disparado hacia su oficina. Allí sus tres colegas lo esperaban coléricos.

—¿Así que en la esquina, tomándote tu cordial? ¿Sabes que han mandado tres veces por las copias?

—Toquen esta mano —dijo Aníbal—. Huélanla, denle una lamidita, zambos. Me la ha apretado el director. ¡Ah, pobres diablos! No saben ustedes con quién trabajan.

Poco antes de mediodía, después de haber emparejado quinientas copias, Aníbal se dio cuenta de que no tenía copas.

Cambiando su mandil por su saco cruzado, corrió a la calle. En la chingana de la esquina se tomó una leche con coñac y le explicó su problema al patrón.

—Tranquilo, don Aníbal. Un amigo es un amigo. ¿Cuántas necesita?

Con veinticuatro copas en una caja de cartón, volvió a la oficina. Allí encontró al ascensorista y a tres empleados de la asociación. Sus colegas, después de poner un poco de orden, habían retirado de una mesa todos los implementos de trabajo para que sirviera de bufé.

Aníbal dispuso encima de ella las empanadas, las copas y las botellas de champán, mientras por las escaleras seguían llegando invitados. Pronto la habitación estuvo repleta de gente. Como no había suficientes ceniceros, echaban la ceniza al suelo. Aníbal notó que los presentes miraban con insistencia las botellas.

—Hace calor —decía alguien.

Como las alusiones se hacían cada vez más clamorosas, no le quedó más remedio que descorchar su primera botella, sin esperar la llegada de sus superiores.

—Aníbal se ha rajado con su champán —decía Pinilla.

—Ojalá que todos los días cumpla bodas de plata.

Aníbal pasó las empanadas en un portapapeles, pero a mitad de su recorrido las empanadas se acabaron.

—Excusas —dijo—. Uno siempre se queda corto.

Por atrás, alguien murmuró:

—Deben ser de la semana pasada. Ya me reventé el hígado.

Temiendo que su primera botella de champán se terminara, Aníbal sirvió apenas un dedo en cada copa. Estas no alcanzaban.

—Tomaremos por turnos —dijo Aníbal—. Democráticamente. ¿Nadie tiene miedo al contagio?

—¿Para eso me han hecho venir? —volvió a escucharse al fondo.

Aníbal trató de identificar al bromista, pero solo vio un cerco de rostros amables que sonreían.

—¿Qué esperamos para hacer el primer brindis? —preguntó Calmet—. Esto se me va a evaporar.

Pero en ese momento el grupo se hendió para dejar paso al señor Gómez. Aníbal se precipitó hacia él para recibirlo y ofrecerle una copa más generosa.

—¿No ha venido el director Escobedo? —le preguntó en voz baja.

—Ya no tarda —dijo Aníbal—. De todos modos haremos el primer brindis.

Después de carraspear varias veces logró imponer un poco de silencio a su alrededor.

—Señores —dijo—. Les agradezco que hayan venido, que se hayan dignado realzar con su presencia este modesto ágape. Levanto esta copa y les digo a todos los presentes: Prosperidad y salud.

Los salud que respondieron en coro ahogaron el comentario del bromista:

—¿Y yo con qué brindo? ¿Quieren que me chupe el dedo?

Aníbal se apresuró a llenar las copas vacías que se acumulaban en la mesa y las repartió entre sus invitados. Al hacerlo, notó que estos se hallaban un poco cohibidos por la presencia del señor Gómez; no se atrevían a entablar una conversación general y preferían hacerla por parejas, de modo que su reunión corría el riesgo de convertirse en una yuxtaposición de diálogos privados, sin armonía ni comunicación entre sí. Para relajar la atmósfera, empezó a relatar una historia graciosa que le había ocurrido hacía quince años, cuando el señor Gómez y él trabajaban juntos en el servicio de mensajeros. Pero, para asombro suyo, el señor Gómez lo interrumpió:

—Debe ser un error, señor Hernández, en esa época yo era secretario de la biblioteca.

Algunos de los presentes rieron y otros, defraudados por la pobreza del trago, se aprestaron a retirarse con disimulo, cuando por las escaleras apareció el director Paúl Escobedo.

—¡Pero esto parece una asamblea de conspiradores! —exclamó, al encontrarse en el estrecho reducto—. Se diría que están tramando echar abajo al ministro. ¿Qué tal, Aníbal? Vamos durando, viejo. Es increíble que haya pasado, ¿cuánto dijiste?, casi un cuarto de siglo desde que entramos a trabajar. ¿Ustedes saben que el señor Hernández y yo fuimos colegas en la Mesa de Partes?

Aníbal destapó de inmediato su segunda botella, mientras el señor Gómez, rectificando un desfallecimiento de su memoria, decía:

—Ahora que me acuerdo, es cierto lo que decía enantes, Aníbal, cuando estuvimos en el servicio de mensajeros...

Aníbal llenó las copas de sus dos superiores, se sirvió para sí una hasta el borde y abandonó la botella al resto de los presentes.

—¡A servirse, muchachos! Como en su casa.

Los empleados se acercaron rápidamente a la mesa, formando un tumulto, y se repartieron el champán que quedaba entre bromas y disputas. Mientras Aníbal avanzaba hacia sus dos jefes con su copa en la mano, se dio cuenta de que al fin la reunión cuajaba. El director Escobedo se dirigía familiarmente a sus subalternos, tuteándolos, dándoles palmaditas en la espalda, mientras Gómez pugnaba por entablar con su jefe una conversación elevada.

—Sin duda esto es un poco estrecho —decía—. Yo he elevado ya un memorándum al señor ministro en el que hablo del espacio vital.

—Lo que sucede es que faltó previsión —respondió Escobedo—. Una repartición como la nuestra necesita duplicar su presupuesto. Veremos si este año se puede hacer algo.

—¡Viva el señor director! —exclamó Aníbal, sin poderse contener.

Después de un momento de vacilación, los empleados respondieron en coro:

—¡Viva!

—¡Viva nuestro ministro!

Los vivas se repitieron.

—¡Viva la Asociación de Empleados y su justa lucha por sus mejoras materiales! —gritó alguien a quien, por suerte, le había tocado tres ruedas de champán. Pero su arenga no encontró eco y las pocas respuestas que se articularon quedaron coaguladas en una mueca en la boca de sus gestores.

—¿Me permiten unas breves palabras? —dijo Aníbal, sorbiendo el concho de su champán—. No se trata de un discurso. Yo he sido siempre un mal orador. Solo unas palabras emocionadas de un hombre humilde.

En el silencio que se hizo, alguien decía en el fondo de la pieza:

—¿Champán? ¡Esto es un infame espumante!

Aníbal no oyó esto, pero sí el director Escobedo, que se apresuró a intervenir:

—Nos agradaría mucho, Aníbal. Pero esto no es una ceremonia oficial. Estamos reunidos aquí entre amigos solo para beber una copa de champán en tu honor.

—Solo dos palabras —insistió Aníbal—. Con el permiso de ustedes, quiero decirles algo que llevo aquí en el corazón; quiero decirles que tengo el orgullo, la honra, mejor dicho, el honor imperecedero, de haber trabajado veinticinco años aquí... Mi querida esposa, que en paz descanse, quiero decir la primera, pues mis colegas saben que enviudé y contraje segundas nupcias, mi querida esposa siempre me dijo: «Aníbal, lo más seguro es el ministerio. De allí no te muevas. Pase lo que pase. Con terremoto o con revolución. No ganarás mucho, pero a fin de mes tendrás tu paga fija, con que, con que...».

—Con que hacer un sancochado —dijo alguien.

—Eso —convino Aníbal—, un sancochado. Yo le hice caso y me quedé, para felicidad mía. Mi trabajo lo he hecho siempre con toda voluntad, con todo cariño. Yo he servido a mi patria desde aquí. Yo no he tenido luces para ser un ingeniero, un ministro, un señorón de negocios, pero en mi oficina he tratado de dejar bien el nombre del país.

—¡Bravo! —gritó Calmet.

—Es cierto que en una época estuve mejor. Fue durante el gobierno de nuestro ilustre presidente José Luis Bustamante, cuando era jefe del Servicio de Almacenamiento. Pero no me puedo quejar. Perdí mi rango, pero no perdí mi puesto. Además, ¿qué mayor recompensa para mí que contar ahora con la presencia del director don Paúl Escobedo y de nuestro jefe, señor Gómez?

Algunos empleados aplaudieron.

—No es para tanto —intervino el señor Escobedo y, como Aníbal había quedado un momento callado, añadió—: Te agradecemos mucho, Aníbal, tus amables palabras. En mi calidad no solo de amigo, sino de jefe de un departamento, permíteme felicitarte por tu abnegada labor y agradecerte por el celo con que siempre...

—Perdone, señor director —lo interrumpió Aníbal—. Aún no he terminado. Yo decía: ¿Qué mayor orgullo para mí que contar con la presencia de tan notorios caballeros? Pero no quiero tampoco dejar pasar la ocasión de recordar en estos momentos de emoción a tan buenos compañeros aquí presentes, como Aquilino Calmet, Juan Rojas y Eusebio Pinilla, y a tantos otros que cambiaron de trabajo o pasaron a mejor vida. A todos ellos va mi humilde, mi amistosa palabra.

—Fíjate, Aníbal —intervino nuevamente Escobedo mirando su reloj—. Me vas a disculpar...

—Ahora termino —prosiguió Aníbal—. A todos ellos va mi humilde, mi amistosa palabra. Por eso es que, emocionado, levanto mi copa y digo: Este ha sido uno de los días más bellos de mi vida. Aníbal Hernández, un hombre honrado, padre de seis hijos, se lo dice con toda sinceridad. Si tuviera que trabajar veinte años más acá, lo haría con gusto. Si volviera a nacer, también. Si Cristo recibiera en el Paraíso a un pobre pecador como yo y le preguntara: ¿Qué quieres hacer?, yo le diría: Trabajar en el servicio de copias del Ministerio de Educación. ¡Salud, compañeros!

Aníbal levantó su copa entre los aplausos de los concurrentes. Fatalmente, a nadie le quedaba champán y todos se limitaron a hacer un brindis simbólico.

El director Escobedo se acercó para abrazarlo.

—Muy bien, Aníbal; mis felicitaciones otra vez. Pero ahora me disculpas. Como te dije, tengo una serie de cosas que hacer.

Saludando en bloque al resto de los empleados, se retiró de prisa, seguido de cerca por el señor Gómez. El resto fue desfilando ante Aníbal para estrecharle la mano y despedirse. En pocos segundos el sótano quedó vacío.

Aníbal miró su reloj, comprobó que eran las doce y media y se precipitó a su reducto para pasarse por los zapatos una franela que guardaba en su armario. Su mujer le había dicho que no se demorara, pues le iba a preparar un buen almuerzo. Sería conveniente pasar por una bodega para llevar una botella de vino.

Cuando se lanzaba por las escaleras, se detuvo en seco. En lo alto de ellas estaba el señor Gómez, inmóvil, con las manos en los bolsillos.

—Todo está muy bien, Aníbal, pero esto no puede quedar así. Estarás de acuerdo con que la oficina parece un chiquero. ¿Me haces el favor?

Sacando una mano del bolsillo, hizo un gesto circular, como quien pasa un estropajo, y dando media vuelta desapareció.

Aníbal, nuevamente solo, observó con atención su contorno: el suelo estaba lleno de colillas, de pedazos de empanada, de manchas de champán, de palitos de fósforos quemados, de fragmentos de una copa rota. Nada estaba en su sitio. No era solamente un sótano miserable y oscuro, sino —ahora lo notaba— una especie de celda, un lugar de expiación.

—¡Pero mi mujer me espera con el almuerzo! —se quejó en alta voz, mirando a lo alto de las escaleras. El señor Gómez había desaparecido. Quitándose el saco, se levantó las mangas de la camisa, se puso en cuatro pies y con una hoja de periódico comenzó a recoger la basura, gateando por debajo de las mesas, sudando, diciéndose que si no fuera un caballero les pondría a todos la pata de chalina.

París, 1967

El próximo mes me nivelo

—Allí viene Cieza —dijo Gastón señalando el fondo de la alameda Pardo.

Alberto levantó la vista y distinguió en la penumbra de los ficus una mancha que avanzaba y que la cercanía dotó de largas extremidades, anteojos negros y un espinazo más bien encorvado.

—¡Al fin estás acá! —exclamó Cieza antes de llegar a la banca—. Te he estado llamando toda la tarde por teléfono.

—Quítate los anteojos —dijo Alberto sin levantarse.

Cieza se los quitó y dejó al descubierto sus dos cejas hinchadas y los ojos envueltos en una aureola violeta.

—Te has dejado masacrar —dijo Alberto—. ¿Tengo tiempo de ir hasta mi casa? Estos zapatos no tienen punta.

—Creo que no —dijo Gastón—. Ya debe haber empezado el programa. Ahorita llega el cholo Gálvez.

La gallada que estaba en la puerta de radio Miraflores se acercó. Todos abrazaron a Alberto, dieron la mano a Cieza y en grupo penetraron en la emisora. Se acomodaron en el auditorio, mirando el estrado donde una rubia postiza cantaba aires mexicanos con una voz deplorable.

—¿Y cómo te ha ido en todo ese tiempo? —le preguntó al oído el cojo Zacarías—. Hace un año que nadie te ve.

—Trabajando —dijo Alberto—. No me iba a pasar la vida parado en las esquinas.

El animador despachó amablemente a la rubia y el segundo aficionado en subir al escenario fue Miguel de Albarracín. Era casi un enano que hacía lo imposible por parecerse a Carlos Gardel. Apenas empezó su versión de «Tus ojos se cerraron», se escuchó un bullicio en las filas altas del auditorio.

—Allí está —dijo Gastón.

Alberto volteó la cabeza y distinguió un rostro burlón, achinado, prieto, de gruesos labios y cabello encrespado. Lo circundaban varias cabezas hirsutas, descorbatadas, sobre contexturas dudosas y visiblemente desnutridas. Se acomodaron en la última fila, poniendo los pies en el respaldar de la fila delantera.

Alberto regresó la vista al escenario, donde el cantante pigmeo terminaba su tango doblado, gimiendo, con una mano en el corazón y otra en el hígado. Cieza, que estaba delante de él, volteó a su vez la cara y, al distinguir al cholo Gálvez que aplaudía, la volvió con presteza hacia el estrado. Alberto alargó la mano y le quitó los anteojos.

—¡Cómo te han dejado la cara! Bueno, salgamos de una vez. Dejemos el teatro para otro día. Avísale a la gallada.

Poniéndose de pie, subió por las gradas del auditorio buscando con la mirada el rostro achinado. Lo encontró perdido entre los otros rostros, embelesado en la milonga que atacaba Miguel de Albarracín. Quedó mirándolo fijamente, hasta que los ojos oblicuos lo distinguieron. No tuvo necesidad de hacerle ninguna seña ni de pronunciar ningún desafío. Apenas cruzó el umbral del auditorio, Gálvez y su grupo se pusieron de pie para seguirlo y detrás de ellos salió la gallada.

Ambas pandillas se dirigieron a la acera central de la avenida Pardo, poco transitada a esa hora y umbrosa bajo la noche y la arboleda. Gálvez y su gente se acomodaron en una banca, sentados en el respaldar, con los pies en el asiento, mientras Alberto parlamentaba con Cieza.

—Él ya sabe que vas a venir —dijo Cieza—. El sábado pasado, después de la pelea, Zacarías le dijo que había cita para hoy. Le dijo: «Espera nomás el sábado, va a venir el pibe Alberto». Y el cholo dijo: «He oído hablar de ese gallo. Me lo paso por los huevos».

Alberto se separó de su grupo y se dirigió solo hacia la banca, donde la pandilla de Gálvez al verlo venir entonó un coro de uy y de ay desafinado. Cuando estaba solo a unos pasos, Gálvez bajó de la banca y avanzó. Quedaron mirándose, midiéndose, reconociéndose, evaluándose, mientras las colleras, de acuerdo con una ley inmemorial de protección al compañero y de comodidad para presenciar el espectáculo, formaban dos semicírculos que se ajustaron hasta constituir un anillo perfecto.

—¿El cholo Gálvez? —dijo Alberto.

—El mismo, pibe. Aquí, en Surquillo y donde quieras.

Alberto empezó a desabotonarse el saco con parsimonia y, cuando estaba a punto de quitárselo, el cholo Gálvez saltó y le aplicó el primer cabezazo que, fallando la nariz, resbaló por un pómulo y le aplastó una oreja.

Alberto se vio sentado en el suelo, con los brazos trabados en las mangas de su saco, mientras Gálvez se mantenía de pie a su lado, entre los gritos de la gallada, que hacía comentarios y admoniciones, recordando que no valía pegar en el suelo.

Alberto se puso de pie tranquilamente, logró al fin despojarse de su saco y se lo aventó a Cieza. Su pantalón tenía la pretina muy alta, casi a la mitad del pecho, y estaba sujeto con tirantes. Aún se hizo esperar mientras se quitaba la corbata, los gemelos de la camisa y se levantaba las mangas.

El cholo Gálvez, bien plantado sobre sus piernas cortas y macizas, con los brazos caídos y los puños cerrados, lo esperaba. Alberto comprendió de inmediato que el estilo de su rival consistía en atraerlo a su terreno, dejarse incluso romper una ceja o aplastar un labio para poder abracarlo, quebrarlo entre sus brazos y, como decían que hizo con Cieza, enterrarlo de cabeza en un sardinel. Empezó entonces a girar de lejos en torno al cholo, el que a su vez rotaba sobre sus talones.

Alberto tentó el momento de entrar, acometió varias veces con un pie en el aire, anunciando casi su golpe, para retroceder luego y virar rápidamente a izquierda y derecha, buscando un flanco descubierto. Gálvez se limitaba a rotar, con la guardia completamente caída, pero levantando a veces los antebrazos al mismo tiempo, acompañando su gesto de un falso quejido, femenil, obsceno.

La táctica se prolongó largo rato, pero no en el mismo sitio, pues el círculo que los rodeaba se iba desplazando hacia un extremo de la avenida Pardo, donde había una pila sin agua.

—¡Vamos, cholo, éntrale! —gritaron sus secuaces.

Gálvez balanceó los hombros, hizo algunas fintas con su ancha cintura y, estirando de pronto un brazo, trató de coger de una pierna a Alberto, que aprovechó el momento para levantar el otro pie y darle un puntazo en el cuello. En el instante en que Gálvez se cubría, Alberto saltó y sus dos pies martillearon la cara del cholo. Insistió una tercera vez, pero a la cuarta el cholo se agachó y Alberto pasó sobre su cabeza y cayó de cuclillas detrás de él. Cuando se enderezaba, ya Gálvez había volteado y su puño cerrado le sacudía la cabeza, mientras su pierna izquierda, elevándose, rasgaba el aire buscando su pelvis. Alberto bloqueó el golpe con la rodilla y se alejó para tomar distancia, pero ya el cholo estaba lanzado y lo atenazó de la cintura. Alberto retrocedió sobre sus talones, impidiendo que el cholo pudiera asentarse y levantarlo en vilo, rompió con la espalda el círculo de mirones, siempre con Gálvez prendido de su cintura, que se esforzaba por contenerlo, trastabillaba, hasta que al fin Alberto se detuvo en seco y, levantando la rodilla, golpeó al cholo en la mandíbula y cuando este aflojaba la presión de sus brazos le dio un puñetazo en la nuca y, al abandonar su tenaza, lo remató de una patada en el estómago.

Gálvez cayó de culo. Parecía un poco mareado. Alberto estuvo a punto de enviarle un puntapié en la cara, pero ya la collera del cholo elevaba la voz al unísono, recordando las reglas que no se podían infringir.

Alberto retrocedió, esperando que su rival se pusiera de pie. Le sangraba la oreja. Tuvo apenas tiempo de distinguir las gafas de Cieza y la muleta de Zacarías, pues ya Gálvez se había parado y arremetía con la cabeza gacha, entregándose casi a su castigo. Alberto no quiso perder la ocasión y lo emparó con una patada en la frente. Pero el cholo pareció no sentirla y acometió otra vez agazapado. Alberto se dio cuenta de que esa pelea se convertía para él en un paseo y sacudió la cabeza del cholo con ambos pies, adornándose, encontrando una especie de placer estético en castigarlo con la punta, el empeine, la suela. Se contuvo un momento para ensayar una nueva serie, en un orden distinto, cuando vio que el cholo se aventaba al suelo y en un instante se dio cuenta de que se le había metido entre las piernas. Estaba ya en los hombros de su rival, que se irguió sobre sus dos piernas y antes de que pudiera prenderse de su pelo el cholo inclinó el cuerpo y Alberto se fue de cara contra el suelo. Gálvez volvió a cogerlo, esta vez de la pretina del pantalón, y nuevamente se vio en el aire, volando sobre su cabeza.

—¡De lejos, de lejos! —gritó Cieza.

Pero Alberto no tenía tiempo de alejarse. Apenas caía al suelo, el cholo lo volvía a levantar en vilo y volvía a estrellarlo con una facilidad que la repetición iba perfeccionando. Alberto solo atinaba a volverse elástico, gomoso, convertirse en un ovillo, en una esfera, cuidándose de no ofrecer en su caída ningún ángulo quebradizo.

Fue en ese momento cuando vio surgir un objeto en el aire, la pierna de algún compañero, tal vez Cieza que entraba en la pelea, pero era solo la muleta de Zacarías. De plano cayó sobre la clavícula de Gálvez. Este contuvo su nueva arremetida y buscó, con la mirada al agresor, que era enviado al suelo, a pesar de su cojera, por algún amigo de Gálvez, al mismo tiempo que Cieza intervenía para auxiliar al inválido y se armaba una pelea satélite en torno a la principal. Alberto logró ponerse de pie aprovechando la distracción de Gálvez, que de un puntapié mandaba rodar la muleta y arremetía nuevamente. Alberto tomó distancia, amagando con el pie a su rival para que no se acercara, cuando ya la riña periférica había concluido por acuerdo de sus contrincantes y se rehacía el anillo en torno a la pelea principal.

La constelación siguió desplazándose, abandonó la avenida Pardo, giró hacia la derecha y empezó a remontar la avenida Espinar, rumbo al óvalo. Pasó de la pista al jardín de la avenida Espinar, de allí a la acera central, cruzó el otro jardín, la otra pista, se estrelló contra los muros de la embajada de Brasil y rebotó hacia el centro, fraccionándose contra los ficus y las bancas de madera, para volver a la pista y allí empezar a rotar contra el muro bajo de una casa.

Alberto sentía que sus fuerzas lo abandonaban. Tenía los codos magullados, las rodillas adoloridas y de su oreja manaba tanta sangre como de los cortes que tenía Gálvez en la frente y en los pómulos. Desde hacía rato no hacía sino girar y retroceder, alejando a su rival con un rápido puntapié o de un golpe a vuelamano, pero Gálvez iba siempre adelante, no cejaba, lo embestía con la cabeza baja y la guardia abierta. Alberto volvió a martillearlo en el pecho, en los riñones, esperando que al fin tendría que caer, que no era posible aguantar tanto golpe. Seguramente que así de duro, de pura bestia, había arrebatado al negro Mundo y al sargento Mendoza, en Surquillo, el cetro de los matones.

Pero ya no estaban en la avenida Espinar. Todo el sistema, al cual se había agregado una pléyade de mirones, había doblado nuevamente, esta vez por la calle Dos de Mayo, donde había una acequia fangosa y filas de moreras bordeando las aceras. Allí la pelea se volvió confusa. Alberto erró varios golpes, otros fueron a estrellarse contra los árboles, se resbaló en el borde de la acequia y se vio de pronto acorralado, sin escape, contra la puerta de un callejón. Gálvez lo había cogido de los tirantes y lo atrajo hacia sí aplicándole un cabezazo en la nariz, para abracarlo luego con sus bíceps, doblarle la cabeza por debajo de la axila y empezar a estrangularlo, mientras con la rodilla le sacudía el mentón. Alberto se sintió desamparado, perdido, y como tenía la boca hundida contra el pecho de su rival y no podía respirar ni gritar, lo mordió debajo de la tetilla. Gálvez aflojó los brazos y Alberto, viéndose libre, aprovechó para alejarse lo más que pudo dentro del anillo rehecho, viendo que tenía roto un tirante y que los pantalones se le caían. Gálvez lo insultaba, persiguiéndolo. Alberto abrió una brecha entre los espectadores y corrió hacia la esquina de Dos de Mayo y Arica, pero sin prisa, amarrándose el tirante, inspirando copiosamente el aire cálido con su nariz rota. Cieza lo alcanzó y corriendo a su lado le dijo que aguantara un poco más, que el cholo estaba hecho mierda, a punto de tirar el arpa, mientras que las dos colleras confundidas le daban caza en la esquina y volvía a configurarse el circo.

Alberto reanudó la pelea. Pasado el límite de la fatiga, no se sentía peor ni mejor, sino simplemente distante, desdoblado y presenciaba su propio combate con atención, pero sin fervor, como si lo protagonizara un delegado suyo al cual lo unían vagos intereses de familia. Los gritos y los insultos con que ahora Gálvez acompañaba sus amagos no lo arredraban ni lo encolerizaban. Simplemente los registraba y los interpretaba como recursos a los que echaba mano porque debía sentirse impotente, vencido.

El cholo insistía en entrar en su territorio y se exponía a sus patadas, buscando la ocasión de volver a abracarlo. Alberto daba y retrocedía, y así el circo recorrió una cuadra de la calle Arica, vaciló en la esquina de la calle Piura, fue embestido y hendido por un autobús rugiente, se engrosó con los parroquianos de una pulpería y siguió su rumbo hacia la huaca Juliana.

Alberto entró nuevamente en sí. Le pareció que hacía días que peleaba y al distinguir la rueda de mirones tuvo conciencia de que estaba cautivo, literalmente, en un círculo vicioso. Para romperlo era necesario apurar el combate, entrar al área de Gálvez, arriesgar. Estaban ya cerca de la huaca, en una calle sin pavimento, rodeada de casas nuevas, sin acera.

Como la iluminación era allí pobre, Alberto calculó mal una de sus entradas, se impulsó más de lo debido y se encontró cara a cara con el cholo, quien, renunciando esta vez a abracarlo, lo contuvo de los hombros, lo alejó de un empellón y le envió un puntazo fulminante al ombligo. Alberto se llevó la mano al hígado, mientras sentía flaquear sus rodillas y chillar a su collera. De buena gana se hubiera dejado caer, pero observó que Gálvez, arrastrado por la violencia de su golpe, había perdido el equilibrio y se esforzaba por mantenerlo, vacilando en un pie. Dio entonces un brinco y metió la pierna allí, en el lugar que desde hacía rato perseguía, los testículos, y su zapato penetró como por un boquete bajo la pelvis. El cholo gritó esta vez, dobló el torso hacia adelante, iba ya a caer de cara o tal vez estaba ya cayendo, tocando el suelo con una mano, pero Alberto quiso ignorar ese gesto y levantando la otra pierna le planchó la nariz con la suela del zapato.

Ya estaba Gálvez tendido, enrollado, revolcándose. Rodó por entre las piernas de sus secuaces, que saltaban para no pisarlo, y quedó al lado de un muro echado de cara. Probablemente aún era capaz de recuperarse, pero el anillo se agitó, se quebró, al escucharse unos pitazos al fondo de la calle Arica. Dos policías venían corriendo.

Gálvez fue levantado por su pandilla y llevado rápidamente hacia un garaje de reparaciones que tenía su portón entreabierto. Alberto, mareado, vio que Cieza se le acercaba con un pañuelo y se lo ponía como un tampón en la nariz, mientras Gastón le palmeaba la nuca y el resto de la collera se apretujaba a su alrededor, extendiendo los brazos para tocarlo.

—Al jardín —dijo Zacarías, señalando el muro bajo de una casa.

Sus amigos lo levantaron en vilo y lo depositaron al otro lado del cerco, donde una manguera humedecía el césped. Alberto tomó agua por su pitón, se mojó la cara, la cabeza y se puso a regar tranquilamente una mata de geranios.

La Policía trató vanamente de encontrar en las pandillas trazas de peleadores, heridos, contusos, ordenó que se dispersaran y se retiró hacia la huaca.

Alberto seguía en el jardín mojándose la cabeza, lavándose los codos magullados, cuando Gastón le pasó la voz:

—Ya el cholo colgó el guante. Sus amigos se lo llevan.

Alberto vio un grupo apretujado, que se retiraba penitencial, casi funerario, entre lamentaciones, hacia la pulpería de la calle Arica. Salió entonces del jardín saltando el muro y Cieza lo recibió con los brazos abiertos, mientras el cojo Zacarías le alcanzaba su saco y su corbata. El resto de la patota hablaba de festejar el triunfo con unas cervezas.

—Sí —dijo Alberto—. Ha sido una pateadura en regla.

Con su saco debajo del brazo se encaminó hacia el bar Montecarlo, rodeado de sus amigos, sin prestar mayor atención a sus comentarios que, parciales, exagerados, contradictorios, iban echando las bases de la leyenda.

—Hagamos un pozo —dijo Cieza en el bar—. Todos dan, menos Alberto.

Las botellas estaban ya en la mesa deschapadas, los vasos llenos, espumantes. Alberto se bebió uno al seco ahogando una sed inmemorial. Empezó entonces a hablar, pero no de la pelea, como todos esperaban, sino de Berta.

—Ahora caigo —dijo Gastón—. Ella es la que te ha separado de la patota. Estoy seguro de que has caído en la trampa, que te casas.

—El año entrante —dijo Alberto—. Estoy en todo ese lío de comprar muebles, pagar cuentas. Cuando hay que pagar letras, tienes que olvidarte de los amigos, trabajar y adiós los tragos, las malas noches. Eso es lo que he hecho en todo este año que no me han visto.

—Deja eso de lado y háblanos de la pelea —dijo Zacarías—. Esta ha sido la más brutal de todas, mejor que cuando hiciste llorar a Calato Balbuena en la Bajada de los Baños.

—A Calato también le pegó el negro Mundo —dijo Gastón.

—Pero al negro le pegó el sargento Mendoza.

—Y a Mendoza, el cholo Gálvez.

Alberto depositó su vaso sobre la mesa. La cabeza le había comenzado a dar vueltas. Haciendo un esfuerzo, se puso de pie. Gastón lo tiró del brazo, no podía irse así nomás, estaban en la primera ronda.

—Estoy fuera de forma —dijo Alberto—. Un solo vaso me ha emborrachado. Discúlpenme.

Entre las protestas de sus amigos, se dirigió hacia la puerta del bar. Cieza lo alcanzó.

—No nos vas a dejar así. Un año que no nos vemos, la patota...

—Cuídate más la próxima vez, Cieza; déjate de patotas y de niñerías. Ya no soy el mismo de antes. Si me van a buscar la próxima vez para estas cosas, palabra que no salgo.

—Te acompaño.

—No —dijo secamente Alberto, y tomó el camino de su casa, estirado, digno, haciendo sonar marcialmente sus zapatos sobre la calzada.

Apenas dobló la esquina, fuera ya de la vista de su collera, se cogió el vientre, apoyó la cabeza en un muro y empezó a vomitar. Arcadas espasmódicas recorrían su cuerpo, mientras vaciaba su estómago sobre la vereda. Respirando con vehemencia, logró enderezarse y siguió su camino tambaleándose, por calles aberrantes y veredas falaces que se escamoteaban bajo sus pies.

Penetró a tientas en su casa oscura. Ya su mamá se había acostado. Atravesó la sala, tropezándose con los muebles nuevos comprados a plazos y sin ánimo de entrar al baño o de pasar a la cocina, logró ubicar su dormitorio y se dejó caer vestido en la cama. Estaba sudando frío, temblaba, algo dentro de sí estaba roto, irremisiblemente fuera de uso. Estirando la mano hacia la mesa de noche buscó la jarra de agua, pero solo halló la libretita donde hacía sus cuentas. Algo dijo su mamá desde la otra habitación, algo del horno, de la comida.

—Sí —murmuró Alberto sin soltar la libreta—. Sí, el próximo mes me nivelo.

Llevándose la mano al hígado, abrió la boca sedienta, hundió la cabeza en la almohada y se escupió por entero, esta vez sí, definitivamente, escupió su persona, sus proezas, su pelea, la postrera, perdida.

París, 1969

El ropero, los viejos y la muerte

El ropero que había en el cuarto de papá no era un mueble más, sino una casa dentro de la casa. Heredado de sus abuelos, nos había perseguido de mudanza en mudanza, gigantesco, embarazoso, hasta encontrar en el dormitorio paterno de Miraflores su lugar definitivo.

Ocupaba casi la mitad de la pieza y llegaba prácticamente al cielo raso. Cuando mi papá estaba ausente, mis hermanos y yo penetrábamos en él. Era un verdadero palacio barroco, lleno de perillas, molduras, cornisas, medallones y columnatas, tallado hasta en sus últimos repliegues por algún ebanista decimonónico y demente. Tenía tres cuerpos, cada cual con su propia fisonomía. El de la izquierda era una puerta pesada como la de un zaguán, de cuya cerradura colgaba una llave enorme, que ya en sí era un juguete proteico, pues la utilizábamos indistintamente como pistola, cetro o cachiporra. Allí guardaba mi papá sus ternos y un abrigo inglés que nunca se puso. Era el lugar obligado de ingreso a ese universo que olía a cedro y naftalina. El cuerpo central, que más nos encantaba por su variedad, tenía cuatro amplios cajones en la parte inferior. Cuando papá murió, cada uno de nosotros heredó uno de esos cajones y estableció sobre ellos una jurisdicción tan celosa como la que guardaba papá sobre el conjunto del ropero. Encima de los cajones había una hornacina con una treintena de libros escogidos. El cuerpo central terminaba en una puerta alta y cuadrangular, siempre con llave. Nunca supimos qué contuvo, tal vez esos papeles y fotos que uno arrastra desde la juventud y que no destruye por el temor de perder parte de una vida que, en realidad, ya está perdida. Finalmente, el cuerpo de la derecha era otra puerta, pero cubierta con un espejo biselado. En su interior había cajones en la parte baja, para camisas y ropa blanca y encima un espacio sin tableros, donde cabía una persona de pie.

El cuerpo de la izquierda se comunicaba con el de la derecha por un pasaje alto, situado detrás de la hornacina. De este modo, uno de nuestros juegos preferidos era penetrar en el ropero por la puerta de madera y aparecer al poco rato por la puerta de vidrio. El pasaje alto era un refugio ideal para jugar a las escondidas. Cuando lo elegíamos, nunca nuestros amigos nos encontraban. Sabían que estábamos en el ropero, pero no imaginaban que habíamos escalado su arquitectura y que yacíamos extendidos sobre el cuerpo central, como en un ataúd.

La cama de mi papá estaba situada justo frente al cuerpo de la derecha, de modo que, cuando se enderezaba sobre sus almohadones para leer el periódico, se veía en el espejo. Se miraba entonces en él, pero más que mirarse, miraba a los que en él se habían mirado. Decía entonces: «Allí se miraba don Juan Antonio Ribeyro y Estada y se anudaba su corbatín de lazo antes de ir al Consejo de Ministros», o «Allí se miró don Ramón Ribeyro y Álvarez del Villar, para ir después a dictar su cátedra a la Universidad de San Marcos», o «Cuántas veces vi mirarse allí a mi padre, don Julio Ribeyro y Benites, cuando se preparaba para ir al Congreso a pronunciar un discurso». Sus antepasados estaban cautivos, allí, al fondo del espejo. Él los veía y veía su propia imagen superpuesta a la de ellos, en ese espacio irreal, como si de nuevo, juntos, habitaran por algún milagro el mismo tiempo. Mi padre penetraba por el espejo al mundo de los muertos, pero también hacía que sus abuelos accedieran por él al mundo de los vivos.

Admirábamos la inteligencia con que ese verano se expresaba, sus días siempre claros y accesibles al goce, el juego y la felicidad. Mi padre, que desde que se casó había dejado de fumar, de beber y de frecuentar a sus amigos, se mostró más complaciente, y como los frutales de la pequeña huerta habían dado sus mejores dádivas, invitando a la admiración, y se había logrado al fin adquirir en la casa una vajilla decente, decidió recibir, de tiempo en tiempo, a alguno de sus viejos camaradas.

El primero fue Alberto Rikets. Era la versión de mi padre, pero en un formato más reducido. La naturaleza se había dado el trabajo de editar esa copia, por precaución. Tenían la misma palidez, la misma flacura, los mismos gestos y hasta las mismas expresiones. Todo ello venía de que habían estudiado en el mismo colegio, leído los mismos libros, pasado las mismas malas noches y sufrido la misma larga y dolorosa enfermedad. En los diez o doce años que no se veían, Rikets había hecho fortuna trabajando tenazmente en una farmacia que ya era suya, a diferencia de mi padre, que solo había conseguido a duras penas comprar la casa de Miraflores.

En esos diez o doce años, Rikets había hecho algo más: tener un hijo, Albertito, al que trajo en su visita inaugural. Como los hijos de los amigos rara vez llegan a ser amigos entre sí, nosotros recibimos a Albertito con recelo. Lo encontramos raquítico, lerdo y por momentos francamente idiota. Mientras mi padre paseaba a Alberto por la huerta, mostrándole el naranjo, la higuera, los manzanos y las vides, nosotros llevamos a Albertito a jugar a nuestro cuarto. Como Albertito no tenía hermanos, ignoraba muchos de nuestros juegos caseros y colectivos. Se mostró torpe para asumir el papel de indio y mucho más para dejarse coser a tiros por el *sheriff*. Tenía una forma poco convincente de caer muerto y era incapaz de comprender que una raqueta de tenis podía también ser una ametralladora. Por todo ello renunciamos a compartir con él nuestro juego preferido, el del ropero, y nos concentramos más bien en entretenimientos menudos y mecánicos, que dejaban a cada cual librado a su propia suerte, como hacer rodar carritos por el piso o armar castillos con cubos de madera.

Mientras jugábamos esperando la hora del almuerzo, veíamos por la ventana a mi padre y a su amigo, que recorrían ahora el jardín, pues había llegado el turno de admirar la magnolia, el cardenal, las dalias, los claveles y los alhelíes. Desde hacía años mi padre había descubierto las delicias de la jardinería y la profunda verdad que había en la forma de un girasol o en la eclosión de una rosa. Por eso sus días libres, lejos de pasarlos como antes en fatigosas lecturas que lo hacían meditar sobre el sentido de nuestra existencia, los ocupaba en tareas simples como regar, podar, injertar o sacar mala hierba, pero en las que ponía una verdadera pasión intelectual. Su amor a los libros había derivado hacia las plantas y las flores. Todo el jardín era obra suya y, como un personaje volteriano, había llegado a la conclusión de que en cultivarlo residía la felicidad.

—Algún día me compraré en Tarma no un terreno como acá, sino una verdadera granja, y entonces verás, Alberto, entonces sí verás lo que puedo llegar a hacer —escuchamos decir a mi padre.

—Mi querido Perico, para Tarma, Chaclacayo —respondió su amigo, aludiendo a la casa suntuosa que se estaba construyendo en dicho lugar—. Casi el mismo clima y apenas a cuarenta kilómetros de Lima.

—Sí, pero en Chaclacayo no vivió mi abuelo, como en Tarma.

¡Aún sus antepasados! Y sus amigos de juventud lo llamaban Perico.

Albertito hizo rodar su carrito debajo de la cama, se introdujo bajo ella para buscarlo y entonces lo escuchamos lanzar un grito de victoria. Había descubierto allí una pelota de fútbol. Hasta ese momento ignorábamos, nosotros que penábamos para entretenerlo, que si tenía una manía secreta, un vicio de niño decrépito y solitario, era el de darle de patadas a la pelota de cuero.

Ya la había cogido del pasador y se aprestaba a darle un puntapié, pero lo contuvimos. Jugar en el cuarto era una locura, hacerlo en el jardín nos estaba expresamente prohibido, de modo que no quedó otro remedio que salir a la calle.

Esa calle había sido escenario de dramáticos partidos que jugáramos años atrás contra los hermanos Gómez, partidos que duraban hasta cuatro y cinco horas y que terminaban en plena oscuridad, cuando ya no se veía ni arcos ni rivales y se convertían, los partidos, en una contienda espectral, en una batalla feroz y ciega en la que cabían todo tipo de trampas, abusos e infracciones. Nunca ningún equipo profesional puso, como nosotros en esos encuentros infantiles, tanto odio, tanto encarnizamiento y tanta vanidad. Por eso, cuando los Gómez se mudaron, abandonamos para siempre el fútbol, nada podía ya ser comparable a esos pleitos, y recluimos la pelota debajo de la cama. Hasta que Albertito la encontró. Si quería fútbol, se lo daríamos hasta por las narices.

Hicimos el arco junto al muro de la casa para que la pelota rebotara en él y colocamos a Albertito de guardavalla. Nuestros primeros tiros los atajó con valentía. Pero luego lo bombardeamos con disparos rasantes, para darnos el placer de verlo estirado, despatarrado y vencido.

Luego le tocó patear a él y yo pasé al arco. Para ser enclenque, tenía una patada de mula y su primer tiro lo detuve, pero me dejó doliendo las manos. Su segundo tiro, dirigido a un ángulo, fue un gol perfecto, pero el tercero fue un verdadero prodigio: la bola cruzó por entre mis brazos, pasó por encima del muro, se coló entre las ramas del jazminero trepador, salvó un cerco de cipreses, rebotó en el tronco de la acacia y desapareció en las profundidades de la casa.

Durante un rato esperamos sentados en la vereda que nos fuera devuelta la pelota por la sirvienta, como solía ocurrir. Pero nadie aparecía. Cuando nos aprestábamos a ir a buscarla, se abrió la puerta falsa de la casa y salió mi padre con la pelota debajo del brazo. Estaba más pálido que de costumbre, no dijo nada, pero lo vimos dirigirse resueltamente hacia un obrero que venía silbando por la vereda del frente. Al llegar a su lado, le colocó la pelota entre las manos y volvió a la casa sin ni siquiera mirarnos. El obrero tardó en darse cuenta de que esa pelota le acababa de ser regalada y, cuando se percató de ello, emprendió tal carrera que no pudimos alcanzarlo.

Por la expresión de abatimiento de mi mamá, que nos esperaba en la puerta para llamarnos a la mesa, supusimos que había ocurrido algo muy grave. Con un gesto tajante de la mano, nos ordenó entrar a la casa.

—¡Cómo han hecho eso! —fue lo único que nos dijo cuando pasamos a su lado.

Pero al notar que una de las ventanas del dormitorio de mi papá, la única que no tenía reja, estaba entreabierta, sospechamos lo que había sucedido: Albertito, con un golpe maestro, que nunca ni él ni nadie repetiría así pasaran el resto de su vida ensayándolo, había logrado hacerle describir a la pelota una trayectoria insensata que, a pesar de muros, árboles y rejas, había alcanzado al espejo del ropero en pleno corazón.

El almuerzo fue penoso. Mi padre, incapaz de reprendernos delante de su invitado, consumía su cólera en un silencio que nadie se atrevía a interrumpir. Solo a la hora del postre mostró cierta condescendencia y contó algunas anécdotas que regocijaron a todos. Alberto lo imitó y la comida terminó entre carcajadas. Pero ello no borró la impresión general de que ese almuerzo, esa invitación, esos buenos deseos de mi padre de reanudar con sus viejas amistades —cosa que nunca repitió— había sido un fiasco total.

Los Rikets se fueron de buena hora, para terror de nosotros, que temíamos que nuestro padre aprovechara la coyuntura para castigarnos. Pero la visita lo había fatigado y, sin decirnos nada, se fue a dormir su siesta.

Cuando se despertó, nos congregó en su cuarto. Estaba descansado, plácido, recostado en sus almohadones. Había hecho abrir de par en par las ventanas para que penetrara la luz de la tarde.

—Miren —dijo señalando el ropero.

Era en realidad lamentable. Al perder el espejo el mueble había perdido su vida. Donde estaba antes el cristal solo quedaba un rectángulo de madera oscura, un espacio sombrío que no reflejaba nada y que no decía nada. Era como un lago radiante cuyas aguas se hubieran súbitamente evaporado.

—¡El espejo donde se miraban mis abuelos! —suspiró y nos despachó en seguida con un gesto.

A partir de entonces, nunca lo escuchamos referirse más a sus antepasados. La desaparición del espejo los había hecho automáticamente desaparecer. Su pasado dejó de atormentarlo y se inclinó más bien curiosamente sobre su porvenir. Ello tal vez porque sabía que pronto había de morirse y que ya no necesitaba del espejo para reunirse con sus abuelos, no en otra vida, porque él era un descreído, sino en ese mundo que ya lo subyugaba, como antes los libros y las flores: el de la nada.

París, 1972

Alienación
(Cuento edificante seguido de breve colofón)

A pesar de ser zambo y de llamarse López, quería parecerse cada vez menos a un zaguero de Alianza Lima y cada vez más a un rubio de Filadelfia. La vida se encargó de enseñarle que si quería triunfar en una ciudad colonial más valía saltar las etapas intermediarias y ser antes que un blanquito de acá un gringo de allá. Toda su tarea en los años que lo conocí consistió en deslopizarse y deszambarse lo más pronto posible y en americanizarse antes de que le cayera el huaico y lo convirtiera para siempre, digamos, en un portero de banco o en un chofer de colectivo. Tuvo que empezar por matar al peruano que había en él y por coger algo de cada gringo que conoció. Con el botín se compuso una nueva persona, un ser hecho de retazos, que no era ni zambo ni gringo, el resultado de un cruce contranatura, algo que su vehemencia hizo derivar, para su desgracia, de sueño rosado a pesadilla infernal.

Pero no anticipemos. Precisemos que se llamaba Roberto, que años después se le conoció por Boby, pero que en los últimos documentos oficiales figura con el nombre de Bob. En su ascensión vertiginosa hacia la nada fue perdiendo en cada etapa una sílaba de su nombre.

Todo empezó la tarde en que un grupo de blanquiñosos jugábamos con una pelota en la plaza Bolognesi. Era la época de las vacaciones escolares y los muchachos que vivíamos en los chalés vecinos, hombres y mujeres, nos reuníamos allí para hacer algo con esas interminables tardes de verano. Roberto iba también a la plaza, a pesar de estudiar en un colegio fiscal y de no vivir en chalé sino en el último callejón que quedaba en el barrio. Iba a ver jugar a las muchachas y a ser saludado por algún blanquito que lo había visto crecer en esas calles y sabía que era hijo de la lavandera.

Pero en realidad, como todos nosotros, iba para ver a Queca. Todos estábamos enamorados de Queca, que ya llevaba dos años siendo elegida reina en las representaciones de fin de curso. Queca no estudiaba con las monjas alemanas del Santa Úrsula, ni con las norteamericanas del Villa María, sino con las españolas de La Reparación, pero eso nos tenía sin cuidado, así como que su padre fuera un empleadito que iba a trabajar en ómnibus o que su casa tuviera un solo piso y geranios en lugar de rosas. Lo que contaba entonces era su tez capulí, sus ojos verdes, su melena castaña, su manera de correr, de reír, de saltar y sus invencibles piernas, siempre descubiertas y doradas y que con el tiempo serían legendarias.

Roberto iba solo a verla jugar, pues ni los mozos que venían de otros barrios de Miraflores y más tarde de San Isidro y de Barranco lograban atraer su atención. Peluca Rodríguez se lanzó una vez de la rama más alta de un ficus, Lucas de Tramontana vino en una reluciente moto que tenía ocho faros, el chancho Gómez le rompió la nariz a un heladero que se atrevió a silbarnos, Armando Wolff estrenó varios ternos de lanilla y hasta se puso corbata de mariposa. Pero no obtuvieron el menor favor de Queca. Queca no le hacía caso a nadie, le gustaba conversar con todos, correr, brincar, reír, jugar al voleibol y dejar al anochecer a esa banda de adolescentes sumidos en profundas tristezas sexuales que solo la mano caritativa, entre las sábanas blancas, consolaba.

Fue una fatídica bola la que alguien arrojó esa tarde y que Queca no llegó a alcanzar y que rodó hacia la banca donde Roberto, solitario, observaba. ¡Era la ocasión que esperaba desde hacía tanto tiempo! De un salto aterrizó en el césped, gateó entre los macizos de flores, saltó el seto de granadilla, metió los pies en una acequia y atrapó la pelota que estaba a punto de terminar en las ruedas de un auto. Pero cuando se la alcanzaba, Queca, que estiraba ya las manos, pareció cambiar de lente, observar algo que nunca había mirado, un ser retaco, oscuro, bembudo y de pelo ensortijado, algo que tampoco le era desconocido, que había tal vez visto como veía todos los días las bancas o los ficus, y entonces se apartó aterrorizada.

Roberto no olvidó nunca la frase que pronunció Queca al alejarse a la carrera: «Yo no juego con zambos». Estas cinco palabras decidieron su vida.

Todo hombre que sufre se vuelve observador y Roberto siguió yendo a la plaza en los años siguientes, pero su mirada había perdido toda inocencia. Ya no era el reflejo del mundo, sino el órgano vigilante que cala, elige, califica.

Queca había ido creciendo, sus carreras se hicieron más moderadas, sus faldas se alargaron, sus saltos perdieron en impudicia y su trato con la pandilla se volvió más distante y selectivo. Todo eso lo notamos nosotros, pero Roberto vio algo más: que Queca tendía a descartar de su atención a los más trigueños, a través de sucesivas comparaciones, hasta que no se fijó más que en Chalo Sander, el chico de la banda que tenía el pelo más claro, el cutis sonrosado y que estudiaba además en un colegio de curas norteamericanos. Cuando sus piernas estuvieron más triunfales y torneadas que nunca, ya solo hablaba con Chalo Sander y la primera vez que se fue con él de la mano hasta el malecón comprendimos que nuestra deidad había dejado de pertenecernos y que ya no nos quedaba otro recurso que ser como el coro de la tragedia griega, presente y visible, pero alejado irremisiblemente de los dioses.

Desdeñados, despechados, nos reuníamos después de los juegos en una esquina, donde fumábamos nuestros primeros cigarrillos, nos acariciábamos con arrogancia el bozo incipiente y comentábamos lo irremediable. A veces entrábamos a la pulpería del chino Manuel y nos tomábamos una cerveza. Roberto nos seguía como una sombra, desde el umbral nos escrutaba con su mirada, sin perder nada de nuestro parloteo, le decíamos a veces hola zambo, tómate un trago y él siempre no, gracias, será para otra ocasión, pero a pesar de estar lejos y de sonreír sabíamos que compartía a su manera nuestro abandono.

Y fue Chalo Sander, naturalmente, quien llevó a Queca a la fiesta de promoción cuando terminó el colegio. Desde temprano nos dimos cita en la pulpería, bebimos un poco más de la cuenta, urdimos planes insensatos, se habló de un rapto, de un cargamontón. Pero todo se fue en palabras. A las ocho de la noche estábamos frente al ranchito de los geranios, resignados a ser testigos de nuestra destitución. Chalo llegó en el carro de su papá, con un elegante esmoquin blanco y salió al poco rato acompañado de una Queca de vestido largo y peinado alto, en la que apenas reconocimos a la compañera de nuestros juegos. Queca ni nos miró, sonreía apretando en sus manos una carterita de raso. Visión fugaz, la última, pues ya nada sería como antes, moría en ese momento toda ilusión y, por ello mismo, no olvidaríamos nunca esa imagen que clausuró para siempre una etapa de nuestra juventud.

Casi todos desertaron la plaza, unos porque preparaban el ingreso a la universidad, otros porque se fueron a otros barrios en busca de una imposible réplica de Queca. Solo Roberto, que ya trabajaba como repartidor de una pastelería, recalaba al anochecer en la plaza, donde otros niños y niñas cogían el relevo de la pandilla anterior y repetían nuestros juegos con el candor de quien cree haberlos inventado. En su banca solitaria registraba distraídamente el trajín, pero de reojo, seguía mirando hacia la casa de Queca. Así pudo comprobar antes que nadie que Chalo había sido solo un episodio en la vida de Queca, una especie de ensayo general que la preparó para la llegada del original, del cual Chalo había sido la copia: Billy Mulligan, hijo de un funcionario del consulado de Estados Unidos.

Billy era pecoso, pelirrojo, usaba camisas floreadas, tenía los pies enormes, reía con estridencia, el sol en lugar de dorarlo lo despellejaba, pero venía a ver a Queca en su carro y no en el de su papá. No se sabe dónde lo conoció Queca ni cómo vino a parar allí, pero cada vez se le fue viendo más, hasta que solo se le vio a él, sus raquetas de tenis, sus anteojos ahumados, sus cámaras de fotos, a medida que la figura de Chalo se fue opacando, empequeñeciendo y espaciando y terminó por desaparecer. Del grupo al tipo y del tipo al individuo, Queca había al fin empuñado su carta. Solo Mulligan sería quien la llevaría al altar, con todas las de la ley, como sucedió después y tendría derecho a acariciar esos muslos con los que tanto, durante años, tan inútilmente soñamos.

Las decepciones, en general, nadie las aguanta. Se echan al saco del olvido, se tergiversan sus causas, se convierten en motivo de irrisión y hasta en tema de composición literaria. Así el chancho Gómez se fue a estudiar a Londres, Peluca Rodríguez escribió un soneto realmente cojudo, Armando Wolff concluyó que Queca era una huachafa y Lucas de Tramontana se jactaba mentirosamente de habérsela pachamanqueado varias veces en el malecón.

Fue solo Roberto el que sacó de todo esto una enseñanza veraz y tajante: o Mulligan o nada. ¿De qué le valía ser un blanquito más si había tantos blanquitos fanfarrones, desesperados, indolentes y vencidos? Había un estado superior, habitado por seres que planeaban sin macularse sobre la ciudad gris y a quienes se cedía sin peleas los mejores frutos de la tierra. El problema estaba en cómo llegar a ser un Mulligan siendo un zambo. Pero el sufrimiento aguza también el ingenio, cuando no mata, y Roberto se había librado a un largo escrutinio y trazado un plan de acción.

Antes que nada había que deszambarse. El asunto del pelo no le fue muy difícil: se lo tiñó con agua oxigenada y se lo hizo planchar. Para el color de la piel ensayó almidón, polvo de arroz y talco de botica hasta lograr el componente ideal. Pero un zambo teñido y empolvado sigue siendo un zambo. Le faltaba saber cómo se vestían, qué decían, cómo caminaban, lo que pensaban, quiénes eran en definitiva los gringos.

Lo vimos entonces merodear, en sus horas libres, por lugares aparentemente incoherentes, pero que tenían algo en común: los frecuentaban los gringos. Unos lo vieron parado en la puerta del Country Club, otros a la salida del colegio Santa María, Lucas de Tramontana juraba haber distinguido su cara tras el seto del campo de golf, alguien le sorprendió en el aeropuerto tratando de cargarle la maleta a un turista, no faltaron quienes lo encontraron deambulando por los pasillos de la embajada norteamericana.

Esta etapa de su plan le fue preciosa. Por lo pronto confirmó que los gringos se distinguían por una manera especial de vestir que él calificó, a su manera, de deportiva, confortable y poco convencional. Fue por ello uno de los primeros en descubrir las ventajas de los *blue jeans*, el aire vaquero y varonil de las anchas correas de cuero rematadas por gruesas hebillas, la comodidad de los zapatos de lona blanca y suela de jebe, el encanto colegial que daban las gorritas de lona con visera, la frescura de las camisas de manga corta a flores o anchas rayas verticales, la variedad de casacas de nailon cerradas sobre el pecho con una cremallera o el sello pandillero, provocativo y despreocupado que se desprendía de las camisetas blancas con el emblema de una universidad norteamericana.

Todas estas prendas no se vendían en ningún almacén, había que encargarlas a Estados Unidos, lo que estaba fuera de su alcance. Pero a fuerza de indagar descubrió los remates domésticos. Había familias de gringos que debían regresar a su país y vendían todo lo que tenían, previo anuncio en los periódicos. Roberto se constituyó antes que nadie en esas casas y logró así hacerse de un guardarropa en el que invirtió todo el fruto de su trabajo y de sus privaciones.

Pelo planchado y teñido, *blue jeans* y camisa vistosa, Roberto estaba ya a punto de convertirse en Boby.

Todo esto le trajo problemas. En el callejón, decía su madre cuando venía a casa, le habían quitado el saludo, al pretencioso. Cuando más le hacían bromas o lo silbaban como a un marica. Jamás daba un centavo para la comida, se pasaba horas ante el espejo, todo se lo gastaba en trapos. Su padre, añadía la negra, podía haber sido un blanco roñoso que se esfumó como Fumanchú al año de conocerla, pero no tenía vergüenza de salir con ella ni de ser pilotín de barco.

Entre nosotros, el primero en ficharlo fue Peluca Rodríguez, quien había encargado unos *blue jeans* a un *purser* de la Braniff. Cuando le llegó, se lo puso para lucirlo, salió a la plaza y se encontró de sopetón con Roberto, que llevaba uno igual. Durante días no hizo sino maldecir al zambo, dijo que le había malogrado la película, que seguramente lo había estado espiando para copiarlo, ya había notado que compraba cigarrillos Lucky y que se peinaba con un mechón sobre la frente.

Pero lo peor fue en su trabajo. Cahuide Morales, el dueño de la pastelería, era un mestizo guatón, ceñudo y regionalista, que adoraba los chicharrones y los valses criollos y se había rajado el alma durante veinte años para montar ese negocio. Nada lo reventaba más que no ser lo que uno era. Cholo o blanco era lo de menos, lo importante era la «mosca», el «agua», el «molido», conocía miles de palabras para designar la plata. Cuando vio que su empleado se había teñido el pelo, aguantó una arruga más en la frente; al notar que se empolvaba, se tragó un carajo que estuvo a punto de indigestarlo, pero cuando vino a trabajar disfrazado de gringo le salió la mezcla de papá, de policía, de machote y de curaca que había en él y lo llevó del pescuezo a la trastienda: la pastelería Morales Hermanos era una firma seria, había que aceptar las normas de la casa, ya había pasado por alto lo del maquillaje, pero si no venía con mameluco como los demás repartidores lo iba a sacar de allí de una patada en el culo.

Roberto estaba demasiado embalado para dar marcha atrás y prefirió la patada.

Fueron interminables días de tristeza, mientras buscaba otro trabajo. Su ambición era entrar a la casa de un gringo como mayordomo, jardinero, chofer o lo que fuese. Pero las puertas se le cerraban una tras otra. Algo había descuidado en su estrategia y era el aprendizaje del inglés. Como no tenía recursos para entrar a una academia de lenguas, se consiguió un diccionario, que empezó a copiar aplicadamente en un cuaderno. Cuando llegó a la letra C, tiró el arpa, pues ese conocimiento puramente visual del inglés no lo llevaba a ninguna parte. Pero allí estaba el cine, una escuela que además de enseñar divertía.

En la cazuela de los cines de estreno pasó tardes íntegras viendo en idioma original *westerns* y policiales. Las historias le importaban un comino, estaba solo atento a la manera de hablar de los personajes. Las palabras que lograba entender las apuntaba y las repetía hasta grabárselas para siempre. A fuerza de rever los filmes aprendió frases enteras y hasta discursos. Frente al espejo de su cuarto era tan pronto el vaquero romántico haciéndole una irresistible declaración de amor a la bailarina del bar, como el gánster feroz que pronunciaba sentencias lapidarias mientras cosía a tiros a su adversario. El cine además alimentó en él ciertos equívocos que lo colmaron de ilusión. Así creyó descubrir que tenía un ligero parecido con Alan Ladd, que en un *western* aparecía en *blue jeans* y chaqueta a cuadros rojos y negros. En realidad, solo tenía en común la estatura y el mechón de pelo amarillo que se dejaba caer sobre la frente. Pero vestido igual que el actor se vio diez veces seguidas la película y al término de esta se quedaba parado en la puerta, esperando que salieran los espectadores y se dijeran pero mira, qué curioso, ese tipo se parece a Alan Ladd. Cosa que nadie dijo, naturalmente, pues la primera vez que lo vimos en esa pose nos reímos de él en sus narices.

Su madre nos contó un día que al fin Roberto había encontrado un trabajo, no en casa de un gringo como quería, pero tal vez algo mejor, en el club de Bowling de Miraflores. Servía en el bar de cinco de la tarde a doce de la noche. Las pocas veces que fuimos allí lo vimos reluciente y diligente. A los indígenas los atendía de una manera neutra y francamente impecable, pero con los gringos era untuoso y servil. Bastaba que entrara uno para que ya estuviera a su lado, tomando nota de su pedido y segundos más tarde el cliente tenía delante su *hot dog* y su

Coca-Cola. Se animaba además a lanzar palabras en inglés y como era respondido en la misma lengua fue incrementando su vocabulario. Pronto contó con un buen repertorio de expresiones, que le permitieron granjearse la simpatía de los gringos, felices de ver un criollo que los comprendiera. Como Roberto era muy difícil de pronunciar, fueron ellos quienes decidieron llamarlo Boby.

Y fue con el nombre de Boby López que pudo al fin matricularse en el Instituto Peruano Norteamericano. Quienes entonces lo vieron dicen que fue el clásico chancón, el que nunca perdió una clase, ni dejó de hacer una tarea, ni se privó de interrogar al profesor sobre un punto oscuro de gramática. Aparte de los blancones que por razones profesionales seguían cursos allí, conoció a otros López, que desde otros horizontes y otros barrios, sin que hubiera mediado ningún acuerdo, alimentaban sus mismos sueños y llevaban vidas convergentes a la suya. Se hizo amigo especialmente de José María Cabanillas, hijo de un sastre de Surquillo. Cabanillas tenía la misma ciega admiración por los gringos y hacía años que había empezado a estrangular al zambo que había en él con resultados realmente vistosos. Tenía además la ventaja de ser más alto, menos oscuro que Boby y de parecerse no a Alan Ladd, que después de todo era un actor segundón admirado por un grupito de niñas esnobs, sino al indestructible John Wayne. Ambos formaron entonces una pareja inseparable. Aprobaron el año con las mejores notas y *mister* Brown los puso como ejemplo al resto de los alumnos, hablando de «un franco deseo de superación».

La pareja debía tener largas, amenísimas conversaciones. Se les veía siempre culoncitos, embutidos en sus *blue jeans* desteñidos, yendo de aquí para allá y hablando entre ellos en inglés. Pero también es cierto que la ciudad no los tragaba, desarreglaban todas las cosas, ni parientes ni conocidos los podían pasar. Por ello alquilaron un cuarto en un edificio del jirón Mogollón y se fueron a vivir juntos. Allí edificaron un reducto inviolable, que les permitió interpolar lo extranjero en lo nativo y sentirse en un barrio californiano en esa ciudad brumosa. Cada cual contribuyó con lo que pudo, Boby con sus afiches y sus pósteres y José María, que era aficionado a la música, con sus discos de Frank Sinatra, Dean Martin y Tomy Dorsey. ¡Qué gringos eran mientras recostados en el sofá cama, fumando su Lucky, escuchaban «Strangers in the Night» y miraban pegado al muro el puente sobre el río Hudson! Un esfuerzo más y, ¡hop!, ya estaban caminando sobre el puente.

Para nosotros incluso era difícil viajar a Estados Unidos. Había que tener una beca o parientes allá o mucho dinero. Ni López ni Cabanillas estaban en ese caso. No vieron entonces otra salida que el salto de pulga, como ya lo practicaban otros blanquiñosos, gracias al trabajo de *purser* en una compañía de aviación. Todos los años convocaban a concurso y ambos se presentaron. Sabían más inglés que nadie, les encantaba servir, eran sacrificados e infatigables, pero nadie los conocía, no tenían recomendación y era evidente, para los calificadores, que se trataba de mulatos talqueados. Fueron desaprobados.

Dicen que Boby lloró y se mesó desesperadamente el cabello y que Cabanillas tentó un suicidio por salto al vacío desde un modesto segundo piso. En su refugio de Mogollón pasaron los días más sombríos de sus vidas, la ciudad que los albergaba terminó por convertirse en un trapo sucio a fuerza de cubrirla de insultos y reproches. Pero el ánimo les volvió y nuevos planes surgieron. Puesto que nadie quería ver aquí con ellos, había que irse como fuese. Y no quedaba otra vía que la del inmigrante disfrazado de turista.

Fue un año de duro trabajo en el cual fue necesario privarse de todo a fin de ahorrar para el pasaje y formar una bolsa común que les permitiera defenderse en el extranjero. Así ambos pudieron al fin hacer maletas y abandonar para siempre esa ciudad odiada, en la cual tanto habían sufrido y a la que no querían regresar así no quedara piedra sobre piedra.

Todo lo que viene después es previsible y no hace falta mucha imaginación para completar esta parábola. En el barrio dispusimos de informaciones directas: cartas de Boby a su mamá, noticias de viajeros y al final relato de un testigo.

Por lo pronto Boby y José María se gastaron en un mes lo que pensaban les duraría un semestre. Se dieron cuenta además de que en Nueva York se habían dado cita todos los López y Cabanillas del mundo, asiáticos, árabes, aztecas, africanos, ibéricos, mayas, chibchas, sicilianos, caribeños, musulmanes, quechuas, polinesios, esquimales, ejemplares de toda procedencia, lengua, raza y pigmentación y que tenían solo en común el querer vivir como un yanqui, después de haberle cedido su alma y haber intentado usurpar su apariencia. La ciudad los toleraba unos meses, complacientemente, mientras absorbía sus dólares ahorrados. Luego, como por un tubo, los dirigía hacia el mecanismo de la expulsión.

A duras penas obtuvieron ambos una prórroga de sus visas, mientras trataban de encontrar un trabajo estable que les permitiera quedarse, a la par que las Quecas del lugar, y eran tantas, les pasaban por las narices, sin concederles ni siquiera la atención ofuscada que nos despierta una cucaracha. La ropa se les gastó, la música de Frank Sinatra les llegaba al huevo, la sola idea de tener por todo alimento que comerse un *hot dog*, que en Lima era una gloria, les daba náuseas. Del hotel barato pasaron al albergue católico y luego a la banca del parque público. Pronto conocieron esa cosa blanca que caía del cielo, que los despintaba y que los hacía patinar como idiotas en veredas heladas y que era, por el color, una perfidia racista de la naturaleza.

Solo había una solución. A miles de kilómetros de distancia, en un país llamado Corea, rubios estadounidenses combatían contra unos horribles asiáticos. Estaba en juego la libertad de Occidente, decían los diarios y lo repetían los hombres de Estado en la televisión. ¡Pero era tan penoso enviar a los *boys* a ese lugar! Morían como ratas, dejando a pálidas madres desconsoladas en pequeñas granjas donde había un cuarto en el altillo lleno de viejos juguetes. El que quisiera ir a pelear un año allí tenía todo garantizado a su regreso: nacionalidad, trabajo, seguro social, integración, medallas. Por todo sitio existían centros de reclutamiento. A cada voluntario, el país le abría su corazón.

Boby y José María se inscribieron para no ser expulsados. Y después de tres meses de entrenamiento en un cuartel partieron en un avión enorme. La vida era una aventura maravillosa, el viaje fue inolvidable. Habiendo nacido en un país mediocre, misérrimo y melancólico, haber conocido la ciudad más agitada del mundo, con miles de privaciones, es verdad, pero ya eso había quedado atrás, ahora llevaban un uniforme verde, volaban sobre planicies, mares y nevados, empuñaban armas devastadoras y se aproximaban, jóvenes aún colmados de promesas, al reino de lo ignoto.

La lavandera María tiene cantidades de tarjetas postales con templos, mercados y calles exóticas, escritas con una letra muy pequeña y aplicada. ¿Dónde quedará Seúl? Hay muchos anuncios y cabarés. Luego cartas del frente, que nos enseñó cuando le vino el primer ataque y dejó de trabajar unos días. Gracias a estos documentos pudimos reconstruir bien que mal lo que pasó. Progresivamente, a través de sucesivos tanteos, Boby fue aproximándose a la cita que había concertado desde que vino al mundo. Había que llegar a un paralelo y hacer frente a oleadas de soldados amarillos que bajaban del polo como cancha. Para eso estaban los voluntarios, los indómitos vigías de Occidente.

José María se salvó por milagro y enseñaba con orgullo el muñón de su brazo derecho cuando regresó a Lima meses después. Su patrulla había sido enviada a reconocer un arrozal, donde se suponía que había emboscada una avanzadilla coreana. Boby no sufrió, dijo José María, la primera ráfaga le voló el casco y su cabeza fue a caer en una acequia, con todo el pelo pintado revuelto hacia abajo. Él solo perdió un brazo, pero estaba allí vivo, contando estas historias, bebiendo su cerveza helada, desempolvado ya y zambo como nunca, viviendo holgadamente de lo que le costó ser un mutilado.

La mamá de Roberto había sufrido entonces su segundo ataque, que la borró del mundo. No pudo leer así la carta oficial en la que le decían que Bob López había muerto en acción de armas y tenía derecho a una citación honorífica y a una prima para su familia. Nadie la pudo cobrar.

Colofón

¿Y Queca? Si Bob hubiera conocido su historia, tal vez su vida habría cambiado o tal vez no, eso nadie lo sabe. Billy Mulligan la llevó a su país, como estaba convenido, a un pueblo de Kentucky donde su padre había montado un negocio de carnes de cerdo enlatada. Pasaron unos meses de infinita felicidad, en esa linda casa con amplia calzada, verja, jardín y todos los aparatos eléctricos inventados por la industria humana, una casa en suma como las que había en cien mil pueblos de ese país-continente. Hasta que a Billy le fue saliendo el irlandés que disimulaba su educación puritana, al mismo tiempo que los ojos de Queca se agrandaron y adquirieron una tristeza limeña. Billy fue llegando cada vez más tarde, se aficionó a las máquinas tragamonedas y a las carreras de auto, sus pies le crecieron más y se llenaron de callos, le salió un lunar maligno en el pescuezo, los sábados se inflaba de *bourbon* en el Club Amigos de Kentucky, se enredó con una empleada de la fábrica, chocó dos veces el carro, su mirada se volvió fija y aguachenta y terminó por darle de puñetazos a su mujer, a la linda, inolvidable Queca, en las madrugadas de los domingos, mientras sonreía estúpidamente y la llamaba chola de mierda.

París, 1975